WEI YUEDU

微阅读

1+1工程

1+1 GONGCHENG 第八辑

# 在索河的两次爱恋

谢大立

百花洲文艺出版社
BAIHUAZHOU LITERATURE AND ART PRESS

**图书在版编目（CIP）数据**

在索河的两次爱恋／谢大立著．—南昌：百花洲文艺出版社，2014.9

（微阅读1+1工程）

ISBN 978-7-5500-1031-4

Ⅰ.①在…　Ⅱ.①谢…　Ⅲ.①小小说—小说集—中国—当代　Ⅳ.①I247.8

中国版本图书馆CIP数据核字（2014）第181430号

**在索河的两次爱恋**

谢大立　著

出 版 人：姚雪雪
组稿编辑：陈永林
责任编辑：陈永林
出　　版：百花洲文艺出版社
发行单位：全国新华书店
印　　刷：北京一鑫印务有限责任公司
开　　本：787mm×1092mm　1/16
印　　张：12
版　　次：2015年3月第1版
印　　次：2015年3月第1次印刷
字　　数：128千字
书　　号：ISBN 978-7-5500-1031-4
定　　价：20.00元

**赣版权登字：05-2015-38**

邮购联系：0791-86895108
网址：http：//www.bhzwy.com

# 前　言

以“极短的篇幅包容极大的思想”，才能够以小胜大，经过读者的阅读，碰撞出思想的火花，震撼人的心灵。正因为这样，微型小说成为一种充满了幽默智慧、充满了空灵巧妙的独特文体。

如果说在二十一世纪的头一个十年，是互联网大大改变了我们的生活，那么在我们正在经历的第二个十年里，手机将更为巨大地改变我们的生活。如今，以智能手机为平台，正在构成一个巨大的阅读平台。一种新的阅读方式正不知不觉地走进大众的生活。一个新的名词就此产生，它便是“微阅读”。微阅读，是一种借短消息、网络和短文体生存的阅读方式。微阅读是阅读领域的快餐，口袋书、手机报、微博，都代表微阅读。等车时，习惯拿出手机看新闻；走路时，喜欢戴上耳机“听”小说；陪人逛街，看电子书打发等待的时间。如果有这些行为，那说明你已在不知不觉中成为“微阅读”的忠实执行者了。让我们对微型小说前景充满信心和期待的是，微型小说在微阅读的浪潮中担当着极为重要的“源头活水”。

肩负着繁荣中国微型小说创作、促进这一文体进一步健康发展的责任和使命，微型小说选刊杂志社推出了“微阅读 1+1 工程”系列丛书。这套书由一百个当代中国微型小说作家的个人自选集组成，是微型小说选刊杂志社的一项以“打造文体，推出作家，奉献精品”为目的的微型小说重点工程。相信这套书的出版，对于促进微型小说文体的进一步推广和传播，对于激励微型小说作家的创作热情，对于微型小说这一文体与新媒体的进一步结合，将有着极为重要的作用和意义。

编者

2014 年 9 月

# 目　录

# 善 果

我把公司的花瓶打了！

这花瓶可是老板的镇宅之物！

一时间，梦心的脑子里惊骇连连。随后她的脑海里出现的是老板对这花瓶爱不释手的画面——他亲自和人把花瓶从车上抬下来，把那尊佛像请走，把花瓶放到原来放佛像的位置，每天一上班就用绒布仔细擦花瓶，下班离开时还要用绒布再把花瓶仔细擦拭一遍……

大概是瓷碎的声音，引来了公司的其他员工。一阵啊啊的惊呼之后，有人给她出主意：花瓶被摔成两半，碎得还不厉害，赶紧找个资深的瓷器匠修复。有的说，那还不如去买一只同样的。大多数人道，说得轻巧，这花瓶你知道多少钱，买一只赝品换上让老板知道了更糟，可别忘了头年的佛像风波！那咋办？稍许的沉默过后有人说，三十六计，走是上策，趁老板出差还没回，梦心你还是赶紧离开这里吧，这花瓶八万十万、上百万都是有可能的……

梦心的脑子里塞满了乱麻，木木地站着，一句话没有。有人再次提醒她，走为上策，你打了人家的镇宅之物，人家是不会再留你的，与其等老板回来灰溜溜地走，不如现在走。梦心还是木木的，一句话没有。有人说，看来她是吓懵了，赶快给小团打电话，让小团来把她弄走。她这才说，我没懵，就是走，也得等老板回来了再走，哪怕是赔钱挨整后灰溜溜地走，也比逃走体面。谢谢大家为我着想，大家还是干活去吧，不要因为我影响了工作。

梦心是公司的文秘，她把自己关在文案室一天没出门。一整天她都在后悔、自责——自己是看到老板出差了，花瓶上蒙了厚厚一层灰，看不过去了才去擦的。那些灰大家都看到了，都看得过去，都没有去擦，自己干吗要去擦。擦也没有错，打破了才是错，怎么能打破了呢，手在微微颤抖那会儿，就不该再擦了……

梦心是在大家都下班走后，才从文案室出来回家的。出租屋里，小团如往常一样，做了几个梦心爱吃的菜。往常，梦心进屋把包往沙发上一甩，就是奔饭桌，“哇”的一声后和小团欢欢喜喜地吃。而今天梦心连桌子上的菜看都不看一眼，包一放就进里屋躺下了。小团跟到床边问，咋啦，身体不舒服？梦心叹气。小团用手到她的额头上探体温，她推开他的手流着泪说，我把公司的花瓶打破了……话音刚落，她就感觉小团的手颤抖了一下，然后整个人一下子愣住了。老板用花瓶顶替佛像当镇宅之物的事，她跟他说过，她也就知道了他的发愣是在说，这事麻烦了。

小团和他的几个哥们儿，就是因为那场佛像风波离开公司的。公司在这个著名风景区野山坡新建的大楼落成时，风水大师说了，这里的风水有些问题，不采取措施，就留不住人、财，结不出善果。董事长香港人，信这一套，花大价钱从法缘寺请来了佛像。佛像落成的第二天早上，小团和几个哥们儿正嘻笑着在佛像前模仿董事长“三拜九叩”，这时董事长出现了，说他们亵渎了神灵。小团的一个哥们儿不服，说董事长是搞迷信，老头儿一气，扇了小团的哥们儿一耳光。结果是他们炒了老板的鱿鱼，老头儿被气了个半死，心脏病复发回了香港。接手的，是他的小儿子。小儿子请走了父亲的佛像，换上了花瓶，并且在花瓶里插上了五彩绢花。

一阵愣怔过后，小团问，那小子骂你了，打你了？梦心的泪又一次流了出来，比打骂还糟，老板还不知道，出差在外。小团说，要是这样，咱们赶紧收拾东西离开这里吧！瓷无价，不要等着他回来了讹咱们一把。梦心流泪不语。小团说，起来呀，起来收拾东西！梦心吼小团，你干什么……梦心一吼，小团就软，已成了常事，小两口唉声叹气，一夜都没有睡好。

早上，梦心的眼睛红肿得像个灯泡，她不想让人看到自己这副模样，就提前十五分钟到了公司。没想到，进门就碰到了老板。老板是个比她大不了多少的男孩子，她低着头说，我把你镇宅的花瓶弄打了……说完一副愿打愿罚的样儿。老板说，就因为这件事你昨晚是不是一夜没睡觉？看你的眼睛又红又肿的，肯定是的。我就是怕这件事给你带来这种后果，才连夜赶回来的，看来我还是回晚了……

老板突然话锋一转，你是不是看到我出差了花瓶上灰太多又没人敢动，实在看不过眼，才决定擦拭的？你在擦拭时是不是因为太紧张手发抖一不小心才把花瓶弄倒的？她望着他，一脸惊诧，你是怎么知道的？他说，昨晚我回来前就给为你求情的同事们说了，花瓶上有灰大家都不敢动你却帮我擦，我得谢谢你。你在擦花瓶时失手打破了它错不在你，错在那镇宅两个字上，那两个字把事情弄得太神秘，神秘了就复杂，你帮我打碎那个神秘，我更得感谢你。那个花瓶也就几百元钱，我已安排人买去了。我可是花了个便宜价，请你帮我办了件不便宜的事……

面对老板的叙说，梦心的表情变得复杂。老板继续说，怎么，还不相信我说的是真的？一会儿你可以问你的同事们，他们可以为我作证。其实，我把门口的佛像请走换上花瓶，一是为了美化环境，二是为了让职工们一上班就看到花，从早到晚都有个好心情。梦心小姐，你要再让眼睛这么红肿下去，可是辜负了我的初衷……

有掌声响起，梦心回头，身后笑脸一片。

# 狱 友

他们的手里都握着一把菜刀。他们一高一矮，一胖一瘦，高的瘦，胖的矮。他们的眼珠子都是红的，逼视着对方，那气势，都恨不得吃了对方。

他们确实是要吃了对方。只听瘦子说，今天我要你死个明白，你太贪，你死就死在这个贪字上。胖子也说，今天我也要你死个明白，你的话，正是我要给你说的，这个字放在你的头上最合适。

瘦子用刀指指身后正盖着的两栋高楼，又指指胖子，你有什么资格说老子贪，两个人创造的家业，你有什么资格占百分之五十一，让老子占百分之四十九？胖子一声冷笑说，你还好意思说创造两个字，这么多年来，真配得上创造这两个字的只能是老子们，老子们没日没夜地打拼，你呢，哪天不是在花天酒地，给你百分之四十九都是看在那烧香拜把子的情分上。瘦子也一声冷笑说，亏你还记得烧香拜把子的事儿，别要让你的臭嘴玷污了那几个字。你敢再给老子说说，当初烧香拜把子时你说过的话。胖子顿了顿，似乎努力想着什么，然后说，当初是说过有福同享，有难同当，可那是江湖，眼下是在商界，得按商场的规矩来，一是一，二是二，功劳大的控股。

瘦子显然是被胖子的话气狠了，脸黑一下，白一下，随后一阵冷笑说，贪，死到临头了还要贪，你功劳大，你是自以为功劳大，自以为是实干家，你这个实干家没有老子在场面上的打拼，干个屁去吧！这么多年来，老子哪一次的花天酒地不是为了公司，酒不能喝也得喝，把肝喝出了问题，胃喝出了毛病，医生不让喝还得喝，最后一杯五百万，才喝来了五千万的贷款，你娘的个 B 不过是领着那些农民工盖房。胖子说，功劳的大小自有公论。瘦子又一阵冷笑说，公论，从今天起，公论对你没用了，阴世用不了公论。胖子说，你就是到了阴间，公论也不会向着你。瘦子再一次打断胖子的话说，那就废话少说，你出招吧！胖子说，是你约我到这里来的，还是你先出招。瘦子说，那就按江湖规矩，各往后退十步。

几秒钟后，瘦子扬起刀呀呀大喊着朝胖子冲去，胖子也迎了上来……也就在这时，天摇起来，地晃起来，两个人一阵趔趄，摔倒在了地上，在他们倒地的瞬间，建筑物发出来撕裂般的炸响……胖子惊慌地喊，跑哇！并敏捷地从地上一跃而起。瘦子也爬了起来，但他毕竟离建筑物近，本能地朝胖子伸出手，胖子便拉住他的手拖着他跑。轰隆一声响，他们被带有冲击波的灰尘淹没。他们刚刚立足的地方变成了废墟的天地。他们互相呆呆地望着对方，傻了一样。突然，胖子像明白了什么似的，双膝往地上一跪，绝望地号啕起来。瘦子也一阵啊啊的长啸。仿佛是回应他们，又仿佛是他们的回声，废墟里传来哭天叫地的哀号。

救人，赶快救人！喊声里混杂着杂沓的脚步声，由军营方向过来。军人们经过他们身边时，要他们加入到救灾的行列。他们和所有活着的人们一起，从废墟下把伤者背出来，把死了的拖出来。待他们精疲力竭地在路边的草地上坐下时，夜幕也降临了。他们一言不发地坐在黑暗中，忍受饥寒的交迫。胖子又一声深深的叹息，完了，完了，什么都完了！瘦子也一阵叹息说，这种完了比另一种完了要好，若不是这场灾难，我们现在已死在了对方手里。

沉默，又是一阵沉默，蝈蝈蟋蟀们稀稀拉拉地吟唱起来。突然瘦子跪到胖子的面前说，没有你在关键时刻拉我的那一把，我已被倒塌的楼房砸死了。我们闹到那个程度你还伸手救我……小弟的这条命是你给的，往后就交给你，再不跟你争长短了。胖子流着泪说，我们哪还有往后，十来年的打拼，血本全在这两栋楼里，楼塌了，工人死伤那么多，银行里还有大笔的贷款……瘦子说，这是天灾，死人伤人、银行里的贷款国家会有说法。说着又说，就算我们多坐了十年牢，十年前刚从牢里出来，两眼一抹黑，那才叫看不到往后。就那样我们也不是挣了这么一大份家业，这十年我们除了积累财富还积累了经验，我们会有往后的……

再次的沉默，蛔蛔和蟋蟀们的叫声再次响起，凉意更重，他们都不约而同地打了个寒颤。胖子仿佛想起了什么似的扶起瘦子说，兄弟快起来，十几年前我被牢头“北极熊”欺负，不是你出手相帮，我也早死在了他的手里。瘦子就变跪为坐，又说，咱们两个生死兄弟，会有往后的。胖子却茫然地望着夜空说，往后，往后，谁又能说得准往后，当初我也说过把命交给你，后来还不是为了争那百分之五十一的控股权和你搞起来了。瘦子仍坚持说，当初是当初，现在是现在，现在我们可是经历了一场生死的考验，你要再不信我的话，我给你写血书。说着将手指朝嘴里伸去。胖子抓住瘦子的手，摇摇头说，当初我们烧香拜把子也喝过血酒的……又说，天下熙熙皆为利来，天下攘攘皆为利往，自古难可同挡，福难同享，与其发了拼命，不如趁现在分手我们还是好兄弟，这些年我也累了，决定还是回我的老家去，往后的事，我们还是往后再说吧。说着站起来抱抱瘦子，然后一转身，头也不回地走了。

瘦子愣怔片刻，黑暗中就没了胖子的影子。

彻底的沉默，蛔蛔和蟋蟀们的叫声又起。

# 仇 人

阿强在牢里想，这个害自己坐牢的人是谁呢？半个月的牢狱之灾出来，他被双开，更是恨透了那个害他坐牢的人。他无颜见人，把自己关在屋子里，想的还是那个害他坐牢的人。他在纸上不停地写，这个仇人究竟是谁？他要把他找出来，让他碎尸万段。

小吴？他首选小吴。小吴是和他一起进科里的大学生。他们科里，就他们两个大学生。眼瞅着科长就要退休了，从他们中选一个当科长的事早已是人尽皆知。他是名校毕业的，且处处都显得比小吴优秀、占上风，一定是小吴为了当科长，给自己来了这至命一击……他正在纸上反反复复写着小吴的名字时，敲门声响，敲门的正是小吴。小吴站在门口对他说，阿强，我是来跟你道别的，我要去南方一家高新企业上班了，我联系了半年现在终于被他们认可了。那是我热爱的专业，工资待遇也比这边高不少，他们还给了我一套房子。你也应该能看得出，我一直对当公务员不感兴趣，一直都想搞我的专业。我今天来跟你道别还有一个意思，那个企业也需要你学的专业，如果你想去我到了那里帮你联系，我希望你去，你去了我就有熟人了。阿强排除了小吴，并友好地说，就我这情况，当然巴不得跟你去。阿强说，好，我们花城见。

小吴走后，阿强借着夜幕的掩护从家里走出来。从牢里出来几天，这还是第一次从家里走出来。走着走着，一颗心仍然被那个问题缠绕——害自己坐牢的仇人究竟是谁呢？刘坤！十有八九是那个混混，前不久为了一桩事他们争吵起来，打了一架。肯定是那个王八蛋使的坏。可是很快，这个刘坤又被排除掉了。因为这时他听到了刘坤的声音，循着声音望过去，他看到了在亮处的大排挡吃喝的刘坤，刘坤正为一句话把一杯啤酒泼到了他哥们儿的脸上，并大骂他的那哥们儿：你他妈的这是侮辱老子的人格，老子虽然吃喝嫖赌抽五毒俱全，也不至于和人打了一架就使坏让对方去坐牢，老子打输了都不会，何况老子还打赢了。

那还能是谁呢？阿强继续搜肠刮肚，继续于黑暗中漫无目的地往前行。就在他实在想不起是谁时，他又远远地看到了那片城市的红灯区。那里是他这一年来经常光顾的地方。一年前，他结婚不到一年的老婆把性病带回了家。老婆是跟她的局长有染，染上性病的。离婚后他不停地去那里，与其说是解决一个男人的问题，不如说是一种对女人的报复。他每和一个女人做那事，都是往死里做，和一个女人做过了第一次决不再和这个女人做二次。是不是那些拉他想和他做第二次的女人，恨他不再照顾她们的生意，报警让警察来抓的他？于是，他的眼前出现很多张总是盯着他口袋里钱的坏女人的脸……

远远的，那些彩灯于夜空中一闪一烁，像一只只从阴暗角落里伸出来的卖淫女人拉客的手。他痛恨那些肮脏的手，想走过去找她们问个明白，给她们几个大耳光。她们会认账吗？不认账哪来的明白？再想到自己已发过誓，尿尿也不朝着那个方向……他正要对着那里狠狠地吐口唾沫，口袋里的手机响了。是分管他们科的常务副局长的办公室号，犹豫了一下，他还是接了。局长仍是那种不由商量的口气：你现在就到我的办公室来一下。他反感局长的这种口气，回答说，您不会弄错了吧，我已不是您的下属了。局长骂他说，你小子少他妈的废话，叫你来你就来，局党组成员会刚刚结束，你的事是个错案，党组已撤销了对你双开的决定，决定恢复你的党藉和公职……

错案，怎么又成了错案？阿强怀疑自己是做梦，狠劲地掐了自己一下，然后打的直奔局里。局长说，情况是这样的，是报警人又报警说抓错了，才成错案的。报警人为一场官司的败诉盯上了枉法的法官，他在一家夜总会的监控里搞到了法官嫖娼的证据，时间的巧合使他发现报错了警，才重新报警说他搞错了……怪只怪你和那法官长得太像了！局长最后一叹说。

终于找到害自己坐牢的仇人了！阿强义愤填膺：就因为我和那法官长得像就害我不明不白地坐了半个月的牢？局长严肃地说，阿强同志，很多事往往都是自己害自己，这件事我劝你还是不要节外生枝的好，我使了很大的劲才争取到恢复你的党藉和公职，在这件事上，党组成员的意见是不统一的。你更别忘了自己是在什么地方被警察带走的，还听说你是在那张处罚单上签过字的，签了字就是认了你有那回事儿。当然你也可以扯，可以说是公安局逼的供。你要是觉得你能扯赢你就扯，你的事我只能帮到这一步了。

局长把话说到这个份上，阿强不吭声了。局长说，我的话有没有道理，你现在不必回答我，你要觉得我的话有道理，就明天早上按时到局里来上班。记住，上班就上班，什么话也不要说，就像什么事也没有发生过一样。我累了一天，得回去休息了，你也回去吧！阿强赶紧说，谢谢局长。转身走出局长办公室。

回到家，他正要往床上躺，写字台上那张纸上的字又跳出来跑进他的眼里——这个害我坐牢的仇人究竟是谁呢？他把目光定格在那个大大的问号上，怔了怔，眉头越皱越紧。最后，他一把抓过纸，两只手一起使劲，把纸揉成一团，狠狠地扔到垃圾篓里。

# 阿弥陀佛

我把她的花儿给养死了。一路上，她逢人便讲。她觉得她把她的花儿给养死了是天底下最严重的事儿，所以对人讲时，都是一副极其沉痛的表情。人们却只是不解地望望她，脸上一阵略有所思后，无声地离去。有个女人在离去时还吐出了三个字——祥林嫂。你怎么能这么说呢！她很生气。对方更是不耐烦地说，女范进！

这是人们最初送她的绰号。她不知道人们是不是有点希望她也像范进中举时那样。因为她一下子变得十分富有，得到了主人的全部遗产——房产和一笔数量可观的钱。尤其是那些钱，不光可以帮她修完学业，还够她一辈子花的。那之前她还是个无产者。她来这座城市刚读了一年大学，积劳成疾的父母不堪重负离开了人世。她到劳务市场想找一份工作，以维持学业。她对她说，只要你像所有人家的女儿一样待我，我也会像父母对待女儿一样待你，供你读完大学还可以读研，读博。听完她的话，她有点儿范进中举的感觉。得到她的遗产那感觉就更是重了。人们大概也感觉到了她的感觉，不然他们怎会在后来的日子里背后喊她女范进呢？

我把她的花儿给养死了。路过花坊，她对老花匠说。老花匠是她主人的花友——养花的朋友。主人去世前，她经常陪她到这里来，来得多了，知道了主人的花就是从这儿买去的，还知道了花在主人心里的地位。因为她待花，就像所有初为人母的母亲关怀婴儿般的细致。老花匠则像婴幼儿保健所的医生一样给她讲得认真。所以，她觉得这句话最该讲给老花匠听，是专为老花匠准备的，说给那些在路上碰到的熟面孔听，只是对牛弹琴。

她的表情悲痛欲绝，老花匠听了半天不语，样子也恰似获悉了一桩天大的噩耗的样子，然后愣愣怔怔地说，你把她的花儿给养死了？她说，是的，我把她的花儿给养死了，您能不能再卖给我一株同样的花，教给我不养死的方法……老花匠嘴里念念有词：此花，彼花，此花是彼花，此花非彼花……念着却念出笑容来，那不是你养死的，是花随她的主人去了，花也是有感情的，有感情就是有魂，有魂的花儿，除了它的主人，别人是养不好的。它去了它的主人那里，你主人有它陪伴你该高兴才是。她说，我把她当宝贝的花儿给养死了，你怎么还要我高兴？老花匠一叹说，闺女，许多事只有当你走到了那一步才明白。

孩子，你终于来了！望着站在自己面前的住持，她才知道进了佛门重地。住持是她主人的朋友。主人生前来这里念经，每次都是这位住持接待。她头一次见到这位住持时还想过，要是那头乌发还在，年轻时的住持肯定是一位可人儿。对于住持和主人，她虽然没有听说过什么，但她感觉她们的关系不寻常。要不，主人也不会让她保管她的遗嘱。主人死后，她的遗嘱就是这位住持宣读的。因为这种关系，她是把住持当亲人的。没开言她就流泪，让泪在脸上纵横交错着说，我把她的花儿给养死了。

住持没有像老花匠那样，只是一脸淡然地说，孩子，你来找我，我就知道你是把她的花儿给养死了。她说，您知道，您是怎么知道的？住持说，不是你告诉我的吗？你的眼泪告诉我的。你的主人视花如命，她走后你为她视花如命，你来这里哭除了把她的花养死外，还能为啥？她说，主人待我恩重如山，我却把她的花给养死了。主人走后，帮她养花是我可以为她做的唯一一件事，这唯一的一件事我都没有帮她做好，我该怎么办好？

站在她面前的住持，双手相合，双眼向下耷拉，嘴里反复念着一个词——阿弥陀佛。她仿佛用这四个字在为她祈祷，在为她向上天祈求，又仿佛在抚慰她征求她的意见，怎么办好，孩子，你说怎么办好？

离开住持，她去找她的主人。她要把自己把花儿给养死了的事情告诉主人。主人的碑立在庵后的山坡上，她对着碑说，您对我恩重如山，您离开后把花儿交给我养，我却把您的花儿给养死了，为您养花是我唯一可以帮您做的事，这唯一的一件事我都没有帮您做好……说完，她流着泪开始拔碑周围的草。拔去草后，她却看到了一株花，正是她养死的那株。她的脸上便露出笑容来，喃喃地笑着说，原来你真的没死，真的来陪主人了……

然后，她离开她的主人，她要把这件奇怪的事告诉住持，告诉老花匠。回头，她就远远地看到了住持，住持仍像先前那样站在那里，她从她站的样子听到，她好像还在念着那四个字——阿弥陀佛。

# 因为你冲撞了我的祖先

疯子在竟技场外等到了大佬。

疯子没像往常那样躲大佬 。大佬却像往常那样调侃起疯子，呵呵，你也来了，你来贵干？疯子半仰起头，捋了捋发白的胡须，慢条斯理地说，和你一样，玩。大佬仿佛不相信自己的耳朵，和我一样地玩，你和我？你知道我来这里玩什么？疯子点点头，眼神里带着玩世不恭，不屑一顾，来这里的人都是玩，只是玩法不同而已……

哈哈！大佬不让疯子说下去，看都不看疯子说，一个玩字，就让你和我一样了？来这里的只有三种人，选手们玩输赢，玩荣誉，玩显赫；生意人玩报酬，玩满足；赌徒们玩眼光，玩刺激；你给我说说，你玩什么？疯子的头再仰，玩看。

又是一阵哈哈，大佬对他的跟班们说，听说过玩看的没？跟班们附合着一阵哈哈大笑。大佬又对疯子说，知道吗，看也是要钱的，买不起门票进不了场看啥？疯子也哈哈一笑说，看你输。

哈哈，哈哈……大佬笑得前仰后合，对他的跟班们说，他说看我输，我输过吗？我还真想输一回，只可惜输字就是与我无缘。有缘！疯子说，以前你没输过，是我不在，我在了你就得输，赌哪边你都是一个输字，你不信，我们不妨赌一赌！大佬这才认真看了一眼疯子，你跟我赌，拿什么跟我赌？

命！你不是总喜欢拿我取乐吗，我输了，这条命就供你取乐，取乐一辈子，怎么取乐都行，直到命没。大佬脸上有种东西一掠而逝，嘴唇俏皮地往上翘翘舌头舔舔嘴唇说，这赌注还不错，你可得说话算话，我压红你还赌吗？疯子也俏皮地捋捋胡须，君子一言。君子一言！大佬说，二十万，你的命可是值二十万了，身价不低了，一条好宠物狗的身价也不过如此。

随着他的话，跟班们哄堂大笑。疯子也捋捋胡须，脸上露出来意味深长的笑。

半个月前，疯子途经这里被抢，身上除了穿的，什么也没有了。他在废弃的山神庙里住下来，为了肚子，给人写字，测字，学庙里的和尚为人解凶吉。他一个读书人，用这种方法只想弄几个盘缠好上路。一天，大佬经过他的面前，问他哪来的，姓什么叫什么。他说了姓田。大佬又问，田鸡的田？他把田鸡听成了田忌，说，不错。大佬便对他的跟班说，你们还跟我赌吗，哪有正常人承认自己是田鸡的？又对那些要他测字的人说，我也是在说你们呢，一帮没见过世面的东西，一个疯子，能算什么命……

大佬和他的跟班是在疯子意味深长的笑退潮时消逝的。大佬叫大佬，疯子花了不少工夫才打听到。大佬是通过赌赛成为大佬的。他的跟班是他的智囊团，竞技场里的每场竞技通过他智囊团的前期工作，都稳操胜券，胜券多了也就成为了大佬。成了大佬也就以为天下第一了。疯子跟到这里，为的是让他栽栽跟斗，知道天有多高地有多厚。

疯子朝相反的方向走去，走进了蓝方的领地。疯子，疯子……他听到有人小声议论他。他看眼玻璃里自己的尊容——头发蓬乱，胡子拉茬，衣衫褴褛……他于心里说，不是个疯子是啥！客厅里，他被人拦住了，问他找谁，他说找赢，对方又问他找哪个人？他笑笑说是找赢不是找人。又说，你们也不是在找赢吗？我就是为你们能赢来的。可谓是点到了睛上，出来一位五十来岁的男人说，你有什么办法让我们赢？你若能让我们赢，我们会奖赏你。他优雅地捋捋胡须说，天机不可泄露，反正我能让你们赢，只要你们比赛时听我安排，我保证你们能赢。我也必须要赢，因为我把赌注下在你们这边，压的可是我的命。

竞技是击剑，他们听了他的安排，真的赢了。他们把他抬起来欢呼，大佬在他们欢呼时，用密码箱拎着钱找他来了。大佬对他刮目相看，问他是怎么知道蓝方会赢的？他们事前可是对双方的实力进行了充分的考证。他说，红方能赢，蓝方也能赢，就看他想谁赢。大佬说，正儿八经跟你说话，你怎么还跟我说疯话。他说，疯子当然说疯话。说着，打开密码箱，从里面抽出几张一百的说，有了这几张就够了，疯子给人写字、测字、解凶吉为的就是这几张钱，有了这几张钱，就可以离开这里了。

说着疯子对大佬扬起手说，再见。大佬喊住他说，你能告诉我你干吗要这样做吗？疯子说，不干吗，只是想让你知道，我这个穷光蛋只要想挣钱也是很容易的。再嘛，就是因为你冲撞了我的祖先……大佬说，我冲撞了你的祖先？我什么时候冲撞了你的祖先？你姓田，难道你不是人是一只田鸡精，你的祖先真的是田鸡。疯子说，尊祖就是田忌。大佬大笑道，你走吧你走吧，你再不走就要笑死我了，把田鸡当祖先，你也真是疯得够级别了……

隔天，人们都讲田忌赛马，大佬才明白自己真的是冲撞了一个大级别的人，想找疯子赔礼，他住的城里，却早没了疯子的影。

# 攀　比

突然接到功名请吃饭的电话。

功名和他，虽是一个村子里的，小时候还同过学，可这几十年里，没有联系。成年后的功名是个啥样子，他都不知道。知道的，是一个鼻子底下从没干净过、总用衣袖擦鼻涕的山娃。

小时候功名不叫功名，他也不叫容平。功名出生时，他的父亲梦到打谷场上的棉花堆得像座银色的山，给他起名银山。他出世，父亲想沾银山父亲那个发财梦的光，叫了金山。上初中时银山改功名，原因是小学里的金山总比银山强，银山的父亲说是他们名字相克。于是父亲也给他改名容平，容平，平庸，以表歉意，补偿自己的儿子克了别人。后来他上了大学，进了文化单位，在省城里安了家。功名落榜后跟一个亲戚学起了泥瓦匠手艺。断断续续地听人说，功名也在省城里。功名的父亲说，他儿子也并不比上了大学的容平差。功名在省城里有了一个属于自己的工厂……

功名为啥突然请他吃饭？好奇心的驱使，他决定还是去一下。他提前十来分钟到了功名请吃饭的酒店，几十来年没见，他还是一眼就认出了对方。功名从一辆高级轿车里钻出来，虽然一身名牌，却习惯性地用衣袖擦了下鼻子，这一擦他太熟悉了。他喊了声功名，功名张开双臂喊着金山朝他迎上来。他也就喊他银山，象征性地张开双臂迎向他。进到包房坐下，功名就把菜单往他的面前一推说，想吃什么尽管点。他稍一犹豫，功名抓回菜单，一副恍然地说，看我怎么就忘了，坐在我面前的可是慈恩寺的居士。随后大呼小叫道：服务生，来一桌上好的斋饭。服务生说，一桌上好的斋饭两千多，老板您几位……功名脸一虎说，你没长眼，哪次也没少你们一个子儿。容平也就知道了，功名是这里的常客，他请他来这里有摆谱的意思。

菜没上来，功名拿出大中华烟，递给容平一支说，你要喜欢，我车里还有两条。容平说，抽烟有害健康。功名就自己抽，吞云吐雾地说，听说你一直在做善事、一直在行善积德？容平的心里一个咯噔：嗬，知道的还真不少！可他支助那个山村的孩子只是出自一种本能，一种随缘。自己的工资不低，稿费又是额外的收入，正好有那么个需要支助的孩子，他就担下了，真的是没想过是在做善事搞什么行善积德。于是笑笑说，你听谁瞎说？功名说，难道我说错了？别看我们这些年没联系，你的情况我可是了如指掌，并一直在跟你学，你支助一个孩子，我就支助了十个。牛娃你还记得吗，村东头那家，他的两个孙子就是我在帮他。马崽你一定也还有印象，他老婆长期泡药罐子，我让他到我的厂里看门。还有村里的路，我也花钱修了……

容平一脸疑惑地望着他，跟我说这些啥意思？功名突然话锋一转，这次四川大地震你捐了多少？这个事，是容平值得骄傲的，他捐了一本书的全部稿费五千元，单位里数他最多，还得了表扬。他正要回答他，他说，我可是捐了一百万，价值一百万的活动房壁板。虽然是货，但比捐钱还让人过瘾。当我亲自压车把壁板送到灾区时，看了灾民们对我感激涕零，我才真正体会了一把做善事的幸福感。以前我支助村里人那么多，他们都没有让我得到这种幸福感。我今天找你来，就是要你和我分享一下。你每次做了善事是不是都有这种幸福感想找人分享？

容平笑了笑，叫我怎样回答你呢，因为我做事从来没想过是做善事，你说的这种感受，我还从来没有过，也许是我捐得太少，够不上你说的这种幸福感。功名说，得得，做了善事哪能没有幸福感，你这是谦虚，用你们文化人的话刻薄点说，叫虚伪。咱们不说这些了，我说有，你说没，说不清楚。咱们来说点说得清楚的，我爹前两年过世了，不知你知不知道，他这一辈子最大的心愿就是要我攀比你。这年头，谁又能真正比过谁。但为了了他一个心愿，我想请你帮我找个人写本书，稿费十万二十万都行，最好是你写，你写我给三十万，就是写他死后这两年我做善事的事，书出后我运到他的坟头全部烧给他，让他知道他的儿子还行，也让他拿去找阎王老子满足他的心愿——他儿子的下辈子和你平起平坐……

容平想笑又不便笑，又怕待得久了忍不住笑，站起来说，就这事？功名说，就这事。要就这事，我先走一步，我来你这里是顺路，还要去办一件很重要的事。功名说，你还没告诉我咋办呢。容平说，我写书是给活人看的，你这事我给你找个枪手，枪手你懂吗？就是专门为人树碑立传的。不过我要提醒你一句，阎王老子可不是生意人，佛爷爷也最忌讳有人带着私欲做善事，让他知道你是心怀鬼胎做善事，会大笔一挥，把你这几年积的功德一笔勾销掉。说完就往外走，再没有回过头，因为他边走，脸上边忍俊不禁地笑开了。

# 学兄学弟

老大，老二和老三的事，你得出面管一管！

来电话的是老四，他在襄阳，老二老三在十堰，我在武汉。在大学我们同住一个宿舍，好得像兄弟，所以一直都这么叫。

老三这人品行极其败坏！就算莱温斯基以前跟他好过，她现在怎么说也是老二的老婆，朋友妻不可欺，背后勾勾搭搭，没人看到也就罢了。看他那样，是想把与老二老婆的事闹得满世界都知道。星期天他还带着莱温斯基来了襄阳。他来襄阳，我摆酒为他接风，真没想到是他和莱温斯基，他两人还在酒桌上当着我的面搂搂抱抱……三天过去了，想起来还让我想吐，我是实在受不了了才给你打这个电话的。老四说着，一嗨。

莱温斯基，昔日的校花。那时候，很多男生都想把她占为己有，那些男生中有官后代、富后代，老三、老四也是其中之一。最后校花却成了老二的人，据说还是她主动找的老二。她和老二，一时成为校园内的爆炸性新闻，甚至影响到了那条横穿校园的爱河的流向。老二是系里的尖子，专业论文得了“星火奖”，几家央企都争着要他。受莱温斯基的影响，其余的几朵校花都找了各自专业的尖子。在爱情这条河里逐浪太累，还是像莱温斯基这样实在些好，校花们异口同声。

星期一，重庆有个会，我周六到了十堰，先给老三电话。他埋怨我说，来前怎么连招呼也不打一个。我说，从重庆到武汉，想兄弟们，突然决定下车了。我不知道我干吗要把话说反？他问了我住哪，说了个就近的饭店名和见面时间，又说，不见不散。我到时，酒菜都到位了，他举杯给我敬酒，还像在学校里那样，开口就带些荤：酒壮色胆。我也就半真半假地训他说，江山易改，秉性难移。他说，你今天不就是冲着我跟那个字有关系专程从武汉赶来的吗？我张口，但结舌。他扬起手制止我说，老大你先听我把话说完，你是听了老四那种人的挑唆，在被他当枪使。我是太恨老四做事不地道，才说服小刘（莱温斯基）去襄阳故意气他的。在学校里我跟小刘好众所周知，他垂涎小刘你也是知道的，小刘最后跟了老二，爆了个最大的冷门，你不解我不解，连那些教授专家们都不解。解，还是在十多年后的前不久……他看我一眼，有故意卖关子的嫌疑。

前不久小刘来找我，说了她和老二在一起没有一点幸福感。她来找我说这些，我一点都没有往歪里想。想的是，她是不是与老二闹了什么别扭，要我从中调解一下？我问她好几遍咋回事儿？她却不回答我，只流泪。你知道，我这人是见不得女人流泪的，也愿意为女人两肋插刀，我说，是不是老二做了什么对不起你的事儿？她摇头说不是。我说，那你又怎么流泪？她擦干泪，叹着气说，被两个字折磨的。我说，两个字能折磨得你流泪，哪两个字，我帮你把它从字典上抠掉。她终于笑了，很快又敛起笑，望眼我说，初恋。说着又望眼我说，能抠掉？最后她盯着我的眼睛说，你可以从字典上抠掉，可你能从每个人的心里抠掉？我看她，与她的目光一碰，顿时“火星四溅”，溅得我从心底里生起醉酒的欲望。

老三再次说，王八蛋骗你，我说的要有半个字是假的，让我这辈子不得好过、不得好死，下辈子托生牛马。我问她说，抠不掉怎么办？那我们只能找个地方喝酒去，酒醉解千愁。她说，她也想喝酒，想醉一回，大学毕业这多年还没有醉过。又说，要醉还是找个像宿舍的地方。我响应她说，那样便于从醉里醒来。便和她一起进了酒店，开了一间房点了酒菜，要服务员把酒菜送到房里。我们继续那个初恋的话题，她承认我是她的初恋，我也向她倒出心里的苦水，我从结婚到现在与我那位都是别别扭扭的，也是被这两个字折腾的。

随后我对她说起在学校里的那些事。旧事重提，那些事一直像一个迷团，在我的心里若即若离。我这么说，是那时候她提出与我分手太突然，分手的前夜我们还有过肌肤接触，我是尊重她，才让她守住了最后那道防线的。在我再三的追问下，她才对我说，你还是去问问你们老四吧！说心里话，我当时就怀疑过老四，说，老四怎么了？她摇头叹息。我说你不说我把一瓶酒全喝下去醉死拉倒，她才吐露了真情，是老四的以死相逼，小刘才不得不与我分手的。你说老四那个王八蛋缺德到什么程度，他逼小刘说，小刘跟谁都行，就不允许跟我，小刘要跟我，他就当场把她奸了，弄死她，把她的尸体扔进湖里……

老三说着，哭了，一把鼻涕一把泪：就这么个玩艺儿，一起住了四年都没有发现他，还与他兄弟相称……他说着突然话锋一转，老大你得信我，那天我虽然与小刘在那个房间里一直待到第二天中午，我可是与她什么事也没做，我们都把自己灌醉了，都是第二天中午才醒的。直到现在我也没与小刘做出格的事，她现在还是老二的老婆，我已跟她说过，她只要一天还是老二的老婆，我一天不越雷池半步。我还是那句话，我的话里要有半个字是假的，让我遭天打雷轰。去襄阳是我逼小刘去的，因为太恨。当着老四那王八蛋的面我与小刘是搂搂抱抱了，那是演戏，为了故意气他。老大，我跟你说了这么多，发了这么多的誓，你总该要信我了吧，总该不会再被老四那个王八蛋当抢使了吧？

我不能完全信他，但也不能完全不信，信不信都是件很复杂的事，把复杂的事简单化，最好的办法是不走进这个复杂里。我笑笑说，老三你误会了，老四没跟我说什么，我们也都是四十多岁的人了，不存在被谁当枪使。是我刚才把话说反了，让你产生了误会，我是到重庆出差，不是从那里回来，并把车票拿出来给他看。他说，就算我误会了你，不管你是从重庆返武汉还是从武汉去重庆，我都要把这些话向你一吐为快。虽然昨天小刘和老二办了离婚，我也在办。但心里还是不是滋味，总觉得少了些什么又多了些什么……唉，这都是老四那个王八蛋作的孽。

我已决定不走进他们的复杂里，就不想再听他多说了。我说，坐了半天的车明天还要坐车，要早点休息。他说，我知道你的意思，你来了十堰，见了我，老二你不能不见。只是，一会儿你见了老二，要帮我把我说的那些说给老二。小刘说，就是我不要她，她也不和老二再过，你也把这些话告诉老二。这样，我那心里多了的也许就少些了。我笑笑说，你这一说还提醒我了，是得见见老二，你的话我也会尽量给你带到。说着我就给老二打电话，约他到我宾馆的房间见面。

一路上我都在想着安慰老二的话。我想，老二一定为这事被折腾得够呛，那张本来显老的脸一定是更加的晦暗，话本不多的他一定是更加话少。想到他坐进我房间的沙发上后只抽烟不说话的场面，我的心中就感到负担。没想到刚走进宾馆，老二就乐呵呵地迎上来，握我的手说，咋说来就来了，事先招呼也不打一个？是到这里出差还是路过？要不要我明天把老三、老四招一起聚聚？我一下子被他的乐观搞得怔住了，刚要说点儿啥，他拍拍我的肩说，我知道你要说啥，你要是说小刘和老三的那些事儿，你就别说了，这些年我不能给她幸福，没能让一个女人当母亲，我也痛苦。小刘离开我跟老三走到一起，她们也许真能找到幸福，他们幸福，对我也是个解脱。

# 江东的江东公司

寒风肆虐着他们，肆虐着桥下的江水。

哗哗的涛声里，她对他说，冷！应和着她的话，他一个寒噤，把她搂到他的怀里，紧紧地抱住。

她在他的怀里小鸟依人，说，现在跳下去一定是先被冻死，而不是先被淹死，被冻死的人一定和被冻死的其他动物一样，直挺挺硬邦邦，被人捞上岸很快就成为两根冰棍。

他又把她往怀里紧紧。

她仰起头，眼里满是哀怜地说，我们换一种死法好不好，我生来怕冷……见他犹豫，她又说，要不，我们让身子暖和些了再来从这里跳下去？我现在特想吃一顿家乡的麻辣火锅？麻辣火锅最暖身子，再说我也饿了，做饿死鬼也是一件很难受的事……

他说，难道你还有吃火锅的钱？来这里之前我们不是说好的把所有的钱都花光吗？她说，现钱是用光了，卡上还有些，一顿火锅的钱够了。他说，好吧，我们去吃火锅。说着扶她站起来，把两包他们当坐垫的传单拢到一起，用左手提起，右手揽住她的腰，往城里的方向走去。

火锅，他们经常吃，初涉江湖时，几乎是他们的主食，边吃边喝啤酒，边说说笑笑。今天他们吃得很沉闷，吃完了喝完了也没有说一句，笑一下。只是结完了账，她说，还有二十来元钱，想去录像厅坐坐，看一场录像。他说，连买两张电影票的数都不够，也只有看录像了。说着，凄苦地一笑，随着她走进录像放影厅。

武打片《东邪西毒》。走火入魔的欧阳峰在叫嚣：谁能打过我……黄蓉出现了，黄蓉说，当然有人能打过你。欧阳峰说，我天下第一，还有人能打过天下第一的？黄蓉说，欧阳峰才是天下第一，当然能打过你。欧阳峰说，谁是欧阳峰？黄蓉说，天下第一的欧阳峰，你连欧阳峰都不知道，还想当天下第一！欧阳峰抓着脑袋说，欧阳峰，欧阳峰，这个名字好熟……黄蓉说，欧阳峰就要来了，你还不快走，走慢了就来不及了！欧阳峰惊恐地睁大起眼睛，一阵东张西望，抱头鼠窜……

哄堂大笑。她也跟着大笑。这些日子来，他是第一次听到她的笑声，而且是开心的大笑。他是喜欢听她笑，看她笑的。她的笑声如银铃般好听，笑字在她的脸上简直就是个花字。在场的人们可能是因她的笑声悦耳，也一起行给她注目礼。这注目礼叫他的心里一阵隐隐作痛。自从他们为了专利的事不停地上访以来，就再没有听到她这么开心的笑过。这难道真是她最后一次笑，他最后一次听她笑？她笑着看他，仿佛在问，你怎么不笑，这么好笑的事情。

他一阵愣怔。她趁他愣怔时靠到他的怀里，像在桥上那样朝他仰起脸。在桥上她的脸上满是哀怜，此刻全是笑。她说，你知道我为什么笑吗？他看她，想她的话。她说，你一定想不到的，我的笑一半是因为欧阳峰，一半是因为你，你太像那个自己打败自己的欧阳峰了。那个公司是你和他搞起来的，那个专利的知识产权是你智慧的结晶，你又书生气十足地赌气离开公司，让公司成为他的，在他拿着你的心血换取了政治资本后你又告他，殊不知，民不告官，这可是老祖宗留下来的格言……

他心里的隐隐作痛，换成了头痛。她于他的怀里笑出声来说，更可笑的是我们还花钱印这么多的传单，来这乌江学古时候的霸王自刎，如果你真像霸王一样去死了，那就真的是自己把自己彻底打败了……她说着，两只灵活的眼珠子不忘了在他的脸上转来转去。他用拥她入怀躲开她的目光。她继续于他的耳边说，你知道虞姬用自刎跟霸王作别的真正含意吗？知道我跟你到此的真正含意吗？我们女人都是一样的，都是为了自己的男人好，可是那个把自己的脖子一刀割了的项羽还自称霸王，连个女人的心都不懂，更可笑的是有人还不远万里跑到这里来学那么个人……

男儿有泪不轻弹，在对手动用黑社会整他时，他也没有流过泪。他泪如泉涌，于她的耳边说，我哪能不知道你的心，在桥上，正因为你在我的身边，怕你随我一起跳，我才没有跳下去。要我一个人，早跳了，我也不是真想死，我水性好，水淹不死我，我跳了才能引起轰动效应。走到这一步我也是被逼无奈，很多方法我都想过，甚至想过自制炸弹去炸他，想到那样涉及无辜，才走这一步的，我印这么多传单，是想让他像刘邦一样在同学和熟人的心里留下骂名，刘邦是用了很多卑劣手段夺取的江山，他和刘邦一样……

她反过来抱紧他，说，水那么凉，万一有事呢，不是和那霸王一样，想怎么也不能怎么了。我们现在在江东，这江东是霸王没有到达的地方，我们却到了，我们重起炉灶，想办法升级产品，走这条路在这江东再起，会战胜他的。留得青山在不怕没柴烧，我们总有一天会扳倒他。他一叹说，扳倒一个当权者谈何容易，这几年的不停上访花光了所有的钱，再起的第一步都很难跨出去……她说，钱不是大事……难道你的手里还有钱？他疑惑地看她。她点点头，当初我们可是白手起家，现在怎么说也比那时候强！他再一次抱紧她。

十天后，离桥不远的街上又有一家公司挂牌，名叫江东公司。

# 那块石头

老石来电话说，有人要买我们的杂志。我说，谁？要多少？他说，一些文学青年。虽是一本一本，但我们也不能忽视。他们买的可是梦，这梦，你我都是做过的，都是先有这个梦，然后才走上写作之路的，况且，眼下习总书记又提出了中国梦。

我皱眉——这老头给我添堵。每天我都被杂事缠身，写点东西都是在见缝插针，哪管得了这些事。但我又不好直说，老石是文学前辈，且七十高龄了，且有个厕所里的石头的浑名，这浑名是说他在为人处事上像块石头一样硬，厕所里的石头，还臭。好在他说，我知道你忙，如果没有越权嫌疑的话，这事我来给你们办……

我说，没嫌疑没嫌疑，你办你办！

周五下午，忙完活关上门为一个短文写了不到十个字，敲门声响。我啧一声，习惯性地眉头一皱说，谁？老石的声音：我！我不耐烦地一叹说，什么事？要是常人，会说没事，走人。他却推门而进，看都不看我说，这些天，我跑遍了全市的书店和报刊点，给他们讲解了这项工作的伟大意义，总算都同意卖我们的杂志，卖的钱三七分成，他们三，你们这边七，要行，我现在就把杂志拿走……

我说，行，行！拿走，拿走！然后把几期剩下的几十本杂志拢一块。他刚捆好，我往电脑前一坐说，不送。他就提起来朝电梯口走去。

一忙，就过去了很多天。坐在火车上，电话响了。看是老石打来的，我就掐了。一是异地漫游，电话费贵，二是不想与他啰唆。刚掐，他又打过来了，我再掐。他再打，我还掐。他不屈不挠，我想，总掐也不是个办法，摇头、叹息地接了。说了一句话，又掐。这句话是：我在外地，有事回来再说。

一会儿，他又打过来，很不满意：就几句话。卖杂志的账我跟他们结了，共是四十元零五角，钱我什么时候交你？我说，四十元零五角，你买包烟抽了不就得了。他说，我早戒烟了。我说，算给你的交通费吧！他说，我凭老年证坐车，不花钱。我说，算电话费吧，打电话总得花费吧！他说，我家电话包月，每月都用不完。我实在耐不住性子了，算杂志社送你的辛劳费好了。他说，你怎么能这么处理，卖杂志的所得，公家所有，我这辈子还没拿过这种不清不白的钱……不等他说完，我关掉手机。

回单位，我却不得不主动给他打电话了。走廊里，领导笑着问我，卖杂志怎么回事？那笑仿佛在说，你怎么干这事儿？我一怔后，想作些解释，领导边离去边说，去一趟财务科吧。到财务科，出纳对我说，前天有个老头来交了四十元零五角钱，说是卖杂志的收入，不知道入什么账我们就请示了领导……我拿起电话就打老石家，老石的老伴说，老石走了，你是大立吧，你现在去火葬场也许还能与他见上最后一面……

我的脑子里“轰”的一响，立马往火葬场赶。对老石这人烦是一回事儿，多年的感情我不能不去送他。火葬炉前，我见到了老石，他趟在那张阴阳床上，虽然死了，还是那副活着时的硬汉样儿。和他一起躺着的还有一块圆石头，他的儿子小武正在为那块石头的事与人交涉，石头要了他父亲的命，他要让这个杀手为他的父亲陪葬。他的儿子五大三粗，黑铁塔一般，两个工人看看他互相看看，依了他。似曾相识的石头，临进炉子前，一脸的冤。

在等着炉火对老石百炼成精的时候，小武感谢我有情有意，来送他的父亲。我说些人生有常无常的话安慰他，说他的父亲好人命不长。小武说这也是他要让那块石头死无葬身之地的原因，前天，他的父亲拿着病历去医院看病，病还没看就被这块石头绊了一跤死了。奇怪的是医院在咱家的东面，父亲却被西面的这块石头要了命……小武补充说。

送走老石回到单位，门卫的小伙子对我说，总来找你们的那个老头那天被石头绊了一跤不知到了医院怎么样？老头那天在这里碰到个偷景观石的石痴，他制止，那石痴抱着石头跑，他追，石痴丢地上的石头绊了他一跤……我一惊，想起小武的话，我们这里正是他家的西面，不由得看眼有景观石的地方，那地方的一排石头缺了一块多出个窝。怪不得那石头那么眼熟的。

上班下班看到窝，我总要想到那块一脸冤像的石头，随后听到一个声音说，我是为你而殁的，要不是你那么处理事情，老头那天不会来这里，老头是怕自己进了医院出不来才在看病前来这里的，你才是杀死他的真正凶手……我虽然是个唯物主义者，不信这个声音真正存在，但久了，还是被它折磨得无法忍受。直到我找来一块相似的石头把窝填上，折磨感才慢慢地轻下来。

# 吃河豚

美食家是在另一位美食家大谈吃河豚时悄然离席的。每次，另一位美食家大谈吃河，豚美食家都是悄然离席。因为当另一位美食家说，没食河豚的美食家叫什么美食家，美食家就觉得那另一位美食家挤兑的就是自己。

另一位美食家能吃到河豚，有吹牛的资本，还得益于美食家。那年的二月，他们被一家新开业的餐馆请去品菜，席间还是他说，山珍海味都尝了，只差河豚了。他们就相约着去了江阴。江阴是河豚的产地，素有吃河豚到江阴之说。

他们仔细地看厨师杀鱼，为的是日后的话语权。那哪里是在杀鱼，简直是在对待一件神物，下刀轻而又轻，一滴血，一颗鱼子，都是那样的小心异异，边操作还边给他们讲，河豚的剧毒就在它的血和内脏上，千万不能弄在肉上……最后拿着那块内脏说，看好了，可是一点也没有破的。又说，就这一块内脏的毒，足可以毒死一头大象。随后，厨师开始上香，烹饪好后端上桌，先尝了一口，要他们各给了他一毛钱。他不解，厨师说，这代表一旦中毒，不关主人的事了。随后又说，吃吧，没事的，你们看我不是没事吗！

美食家却筷子都没有动。厨师的话令他担忧，要是真有事呢？不关主人的事了就是自己的事了。主人叫他们看好了，是不是缺乏自信？事后会不会说，我叫你们看好了的……随后是肠胃的翻江倒海，先是有一股胃液往上直涌，后是胃的痉挛，绞痛……无疑的，美食家的胃与河豚无缘了，那条鱼全进了另一位美食家的肚子里。

出来后的美食家和以往任何一次一样，先是对另一位美食家的话看法很大，怪那位老兄给他难受，怀疑那位老兄是不是想把他挤出美食界。最后又怪到自己的头上，当时干吗就不吃呢！钱都花了。吃了，现在不就和对方一样，有了吹牛的资本……

于是美食家决定再去一趟江阴，吃一顿河豚。吃到河豚后就轮到他吹了。他一定要吹些那位老兄没有吹到的，新鲜的，先从吹上把他盖过去……他已经让他吹了整整一年了。

到了江阴美食家想，得先让那老兄知道他到了江阴，是有事顺便到的江阴。正准备找家当地的电话打对方的手机时，一辆救护车叫着丧从他的眼前经过，吸引了很多眼球，引起了很多人的议论。有人说，又一位赌命吃河豚的老兄闹不好要见阎罗王了。有的说，多恐怖，打死我我也是不会吃那种东西的。

美食家的胃里就又一阵翻江倒海，感觉和上次的一个样。于是他想，是不是自己天生就没有吃河豚的缘？自己的胃天生就对这种极致的美食有某种排斥？这么一想，就禁不住问，吃河豚中毒有什么反映？人们争着对他说，吓人着呢，有的是胃里翻江倒海，绞痛，有的是一上来就停止呼吸停止心跳……

美食家的手就即刻向胃捂去，有人就喊，快叫救护车，又一位吃河豚的老兄中毒了！

美食家当然是没有上救护车，但是他已很肯定地认为，自己的胃对河豚有排斥性，说不定就是吃了没毒的河豚也会中毒。于是他决定还是不吃的好。主意一拿定，就朝电话亭走去，拨了另一位美食家的电话，说，在干什么呢？我到镇江办事，顺便来了江阴，吃了河豚，这种鱼的味道真是好极了……

随后美食家咨询了很多人，又到当地的有关部门翻阅了大量有关河豚的资料，确认自己在对这种鱼类的研究上达到了研究员级的水平时，才离开。河豚的味鲜在于它有点甜，这是另一位美食家没有说起的。回到他的城市后他就在甜字上下功夫，甜得像什么，像什么，像什么……像农夫山泉一样。

虽然美食家每次吹起来都像真的吃过河豚似的，也没有任何人对他持过怀疑态度。可美食家觉得自己每吹一次，心里的遗憾就加重一次。直到住进了医院，知道自己的来日不多了，美食家觉得那遗憾竟比自己的病还要严重。美食家就认为，自己要不真吃一顿河豚，只怕死了眼睛也闭不上。

于是美食家对陪护自己的女儿说，你能不能陪我去一趟江阴，了了爸爸吃河豚的心愿？女儿避着爸爸问医生，什么是河豚？医生刚说，女儿的泪就下来了，扭头来到病房，伏到美食家的身上哭起来，哭着在心里说，我爸看来真是没几天好活了，神智都已经错乱了。

# 别墅里的女孩子

小楼是在别墅里把手伸向一叠钱时遇见女孩子的。

女孩子和他上下年纪，圆圆脸，眼睛特有神，可以说是他见过的女孩子中最漂亮的。女孩子的一身打扮也摩登极了。她由楼梯上款款而下，看到他后停住了脚步，一手扶在楼梯扶手上，一手拿着款样式新潮的手机，望着他似笑非笑地说，是你来得不是时候，还是我出现的不是时候？

小楼伸向钱的手就僵在了茶几的上方，目光也僵在了女孩子手里的手机上。女孩子显然是一个有经验的人，与小楼间的距离，安全距离，小楼随便伤害不到她。她手里的手机却在提醒他，她随时都可以报警。

要在以往，他是不会那么在意的。他翻窗入室，只不过是想填饱肚子。他一个弃儿，没有生活来源。再说他专门进这些别墅，也不叫偷，是别墅的主人把钱放在茶几上让他拿。和钱放在一起的是张留言条——只要不损坏屋子里的东西就成。何况，他从来没有损坏过任何人的东西。

可眼下，他不得不当回事，已故父母单位的人说的话已传到了他的耳朵里——既然大人是冤枉的，他们的孩子，单位里不能不管。如果女孩子报了警，自己在公安局挂上了号，那些好心的人们想管也没法管了。

女孩子仿佛看到了他的心里，眼睛虽然警惕地盯着他，却开始把手机在手里优雅地掂来掂去。每掂一下，他的心就缩一下。缩得不能再缩了，他“扑通”一声跪在了地上说，请你不要报警，我再也不敢了。女孩子莞尔一笑，说，我对你说我要报警了？又说，你这么怕，还当小偷？趁我没有改变主意前快走吧！他走，女孩子又说，可得走好哟，要是不小心让保安逮住了，可怪不得我了。

他没有被保安逮住，还阴错阳差，当上了管这片小区的警察。开始，他实在不愿走进这个小区。要碰到那位姑娘，对方说，怎么是你？那可是件糟糕透顶的事。他给她解释她会听吗，会信吗？不能不进这片小区时，也是试试探探地进。后来，他干脆心一横，大摇大摆进了。信不信不就是那么一点事吗，那时候没有生活保障，谁都知道的，他不过是为了保肚子、活命。

他穿行于这个小区中，像他穿行于其他几个小区，昂首阔步大大方方。他并没有碰到那个姑娘，连长得和姑娘像的也没有碰到。穿行得多了，疑云在他的心里升起了，这栋别墅的门，仍然是始终关着，像他进到里面前的半个月那样。他那次敢翻窗入室，就是看到别墅的门始终关着，不像有人居住的样子。宅女，那姑娘是个宅女？宅女也要出来买菜买粮，不买那些生活必须品，靠什么活？

疑云越来越重，他终于走近了邻近的一栋别墅，一对年逾古稀的老两口坐在树阴下喝茶，他向他们打听别墅，他们说，住在这里的人互相都不来往的，谁都不知道谁。他又走进小区的保安室打听，得到的回答是：别墅的主人出国探亲了。主人出国，是不是有人在帮着照看房子？保安说，这只能问别墅的主人才清楚。

别墅的主人终于回来了，是一对中年夫妇。他对他们说，我是管这个小区治安的民警。他们不冷不热地说，哦，民警，有事吗？被他们一问，他顺口说，你们出国后是不是请一位姑娘帮你们看过家？请姑娘？男主人懵懵懂懂地说。一位姑娘？女主人眉头皱了下说。说完没有了后话。一阵尴尬后，女主人问男主人，咋回事？男主人问他，咋回事？本来是他问他们，却被他们问住了。

他说，没咋回事，民警嘛，为了治安嘛，问得多了点，你们别要介意！离开他们后，他心里的疑云更重了，从他们的表情里，排除了那个姑娘与他们有关系，起码不是他们请来的。那她又是个什么角色呢？茶几上的那叠钱突然出现于他的眼前，他又折回来，出现于他们的眼前。

对不起，刚才话没有给你们说清楚，最近社会上治安比较乱，为了对我们管区内的居民负责，我来找你们是想来问你们一件事，在你们出国的这段时间，家里丢了什么东西没有……

男人说，丢东西？又问女人说，丢了东西吗？女人说，好像没发现丢什么东西呀，电视电脑、冰箱冰柜都在呀！说着，拉一把男人对他说，警察同志你要没事，我们还有点事要出去办，然后关上门就走。

民警小楼目送他们匆匆离去。

# 木爷的天机

金山是有名的赌博佬，最后一次把家里的一头牛也牵去输掉了。

父亲挥舞着刀子要杀他。他跑，父亲追。从村东头追到村西头。边追还边喊，你总有被老子逮着的一天，逮着了，老子要不剐了你，就是你养的！

有家不能归，放牛的木爷爷叫他进城去投靠他的叔叔。

他说，叔叔会收留我？叔叔不会收留我的。

木爷爷说，兴许会！

他说，您就这么有把握？能给我说个为什么？

木爷爷说，天机不可泄露。

叔叔果然同意收留他，前提是，他得发个毒誓，往后再不沾赌。他发了誓，就在叔叔的洗车行当上了洗车工。

和别的洗车工一样的是，洗一辆车十元钱，行里提七元，他三元。不一样的是，他的钱得由叔叔管着，每天只给他二十元钱吃饭零花。等他攒够了十万元一起给他，是叔叔对他的附加条件。

萌生买彩票的念头，纯属偶然和好玩，那天中午他把五元钱的份饭改成三元钱一碗的面条，用省下的两元钱买了一张。没想到一买就中，两元钱中了二十元的奖。

好玩，比赌博还好玩！金山又觉得日子有滋味了。兑了奖，理直气壮地买了一包十元的云烟。过去他抽的是两元五角一包的红金龙。

打烟给工友，工友们很惊讶。他说，有钱谁不会花？你们以为我是个小气鬼！

工友们异样地望他，金山兄发财啦？

金山头一歪，学木爷爷的口气说，天机不可泄露。

金山继续每天中午吃三元的面，省下两元买彩票。

自那次得奖后，尽管他再没有得过二十元的奖，两元两元加起来，远远超过了那个二十元，但他丝毫的不后悔。他坚信，只要自己乐此不疲，持之以恒，一定还能得到二十元的奖，甚至是五十万的大奖。

这一天晚上，金山看着电视，猛地一掌拍在桌子上，把桌子上的茶杯拍得跳起了舞，把一旁的工友们也吓了一跳。

他果然接近五十万的大奖了，那个中奖号和他的票号紧紧地挨着，他要是有钱买两张的话，那个大奖说不定就是他的，买三张就肯定是他的了。工友们明白后说，原来金山兄的天机不可泄露是在玩彩票，彩票这种事得看命。金山不信命，坚持说，我要是有钱买三张，五十万不就是我的了……

叔叔打门口经过，折进他们的房间，也和他们说彩票，叔叔说，他的一位朋友就中过几回大奖，之所以能中，是他的这位朋友每次都十万十万地买。叔叔还说，等你们能十万十万地买了，得大奖的机会也就来了。

金山记住了叔叔的话。金山终于有了十万元。

望着如砖头一样码在面前的几捆百元大钞，金山的眼睛都不会眨了。金山还从来没有见过如此多的钱。金山最有钱的一次是两千元，那还是在梦里，那是他赌博输了想捞本的时候。

叔叔把钱往他的面一推说，你终于可以去赌一回彩票了。

叔叔把彩票说成赌，金山的心里咯噔一下。

叔叔说，怎么啦，你不是一直在等着这一天吗？

金山一笑说，叔叔您是不是看到我的心里了……

叔叔说，叔叔只知道自己，叔叔过去也是个赌博佬，做梦都想口袋里有个三千两千能好好赌赌，叔叔是被你爷爷拿着刀子赶出家门的，是这家车行的老板也是你的叔外公收留了叔叔……

金山打断叔叔的话说，叔叔下面的话不说我也明白了，叔叔有了钱不去赌，是因为到手的是自己的血汗钱，赌输了，会把肠子悔断的，会从长江大桥上跳下去的……叔叔戒赌，叔外公才让我婶婶跟了叔叔。

叔叔的脸上露出了欣喜的微笑，明白了就好，其实这个世界上到处都有大奖可得，可说是条条道路都通大奖，要不要叔叔给你指一条?

金山说，叔叔请讲。

叔叔一叹说，光阴似箭，叔叔老了，这些年挣的钱也够这辈子花的了，我的店卖别人是卖，卖你也是卖，你若要，十万元给你，这个店一年可净赚五万，十年后五十万，也等于你赌彩票中了五十万的大奖……

木爷爷天机不可泄露的话，随着叔叔的话在金山的耳边响起，有如醍醐灌顶。

# 一个仅差两分钟的故事

厂里要提一个管生产的副厂长，几次民选下来，都是老磨和秦明。这等于把一个难踢的球交给了厂长，厂长连着抓了好几天脑壳。我是厂长提起来的办公室主任，儿时的伙伴，也为厂长犯难。

这一天，厂长把我喊进他的办公室，说，想听听你的意见。

我受宠若惊，措手不及。秦明是我的哥们儿，我当然是向着他的。但我是不能明说的，表了个含糊其辞的态：是您选副手，我怎么好多嘴多舌呢！何况您选的还是日后管生产的副厂长……

厂长用失望的一叹打断我的话，我总想，你是我最信得过的哥们儿，让你来办公室当主任，是指望你能帮我分些忧……我不能让他对我太失望，对他说，厂长，我突然想起了一个故事，一个发生在生活节奏感很强的西方国家的老板身上的故事，事情和您目前面对的一模一样，为难之下，那个老板突发奇想，分别打电话叫两人到同一地方帮他取样东西，谁先帮他取到，他就让谁上，结果是一个比另一个先到了两分钟……

厂长竖起大拇指夸我说，高，高招！我就说你不会让我失望的，我们就把这个故事重演一遍吧！他们两个都是维修主任，正好缸体车间来电话说出了点事，你现在就打电话通知他们，看他们谁先到。秦明远，先给秦明打，三分钟后给老磨打……厂长说完，像个哲学家一样地感慨万端：输家赢家，往往仅差两分钟。

我拿起电话拨维修一车间，对秦明说，我现在和厂长在一起，缸体车间出了点事，厂长叫你带几个人立即赶过去，我们随后就到。我这么说，是在给秦明开小灶，那个只差两分钟的故事还是他讲给我听的。

果然，他说明白了，急忙放下了电话。从他放电话的速度上看，我心里有数了。三分钟后，我把前面说过的话一个字不漏地说给老磨，一个字不漏地重复说过一遍的话，是为那个所谓的公正，也为厂长不发现我的猫腻。

老磨没秦明那么精明是我预料之中的，他的迟钝又是出乎我意料的。他不慌不忙地说，缸体车间出了什么事你总得跟我说个明白吧，我得根据情况来决定带什么工具去，带多少人去，我这里人手紧你又不是不知道……

我心里暗喜，对他说，你电话不放，我帮你问厂长。见厂长把手伸过来，我说，厂长亲自给你讲。话筒递给厂长后，我于心里说，老磨，可是你耽误了你自己，你失去这次机会，怪不得任何人！

厂长待老磨问完说完，点上了一支烟，刚抽了一口就把烟使劲摁到烟缸里，猛地站起来说，走，我们还是早点去，在第一时间目睹他们谁先到。我心里直笑，这还用看吗，当然是秦明了。

刚拐过弯，我就看到了秦明和他的那几个人。

他们先是蹲在缸体车间的门口，不进车间蹲在门口，显然是在显示他们的先到。见了我和厂长，秦明站起来，他的人也跟着站起来，并向我们迎过来……就在这时，在他们身后百米远的地方，出现了老磨和他的人，老磨扛着个什么东西，他的人也是扛的扛背的背，像个驼队。

秦明喊厂长，并对厂长打烟，厂长不接他的烟，看也不看他一眼，两只眼睛越过他的肩，直直地盯着他身后的方向急步往前。秦明向后转。厂长像长了后眼似的说，还不快去接老磨他们一把。厂长接了老磨的，我和秦明的人分别接了其他人的。现场到位后，厂长对秦明说，这里没你们的事了，回去吧。

望着秦明离去的背影，厂长突然问我，那个只差两分钟的故事你是不是跟他讲过？要没有，这小子是不是以为我在选跑步健将，跑得再快还能比驼鸟快！驼鸟跑得快，又有什么用呢！把个头躲进石缝里，屁股露在外面……

驼鸟，秦明，厂长的幽默叫我笑得“扑哧”一响。

也笑我自己。

# 祖爷爷的壶

我的祖爷爷是个木雕匠。早年，我们这地方姑娘出嫁，陪嫁的是架子床。那架子朝外的三个面，有点像门框，门框上全是一幅一幅的木雕画。凡是能叫人看了有些说头的画，全是出自我们家。我们家是世袭的木雕匠。雕匠世家，传世的宝贝却是一个紫砂壶。还规定你在作坊里不干活可以，但不能不喝茶。据说上面那些构思精巧的木雕画都是在喝茶的过程中想出来的

这天，我的祖爷爷走进作坊后喝了一阵茶，便在一块橡木上雕起来。雕了一阵放下刀，习惯性地摸那把壶，壶不在了。谁在开玩笑？他朝堂屋里找去，刚要开作坊的门，就听到有人在说话。他从门缝里瞄过去，看到了儿子和一个陌生人。儿子手里拿着的正是他的壶，陌生人和儿子谈的也是他的壶。那人说三万，儿子说五万。

祖爷爷一下子愣在了门口，这之前他听人说他喝茶的这个壶是前朝正德年间的供春壶，说是听他儿子说的。他不懂什么供春，但感觉到他的壶值些钱。值这么多钱，是他想都不敢想的。怪不得儿子近些时跟他学手艺不精心，失魂落魄神出鬼没的……

突然的，祖爷爷见那个人笑了笑说，也不三万五万了，就这把壶，我们爷说给你当个团长怎样？团长比县太爷狠，三年穷知县还十万雪花银。儿子喜形于色，真的，你不是说着玩儿的吧？那人说，堂堂大司令岂能跟你开玩笑？

儿子哪是当官的料？儿子没读过什么书，学个雕匠都很勉强，去当军爷，闹不好是要被杀头诛连九族的……祖爷爷决定搅局。怎么搅，一时又想不好计策。他只知道既要让儿子的团长当不成，又不能得罪那个

陌生人，得罪了那种人可是要遭现报的。祖爷爷就想到了毁掉这把壶。这个念头一出现，“毁不得!”和“毁吧!”五个字在他的脑海里拼起死命来。“毁不得”说，这是个宝物，值钱的宝物，怎么能毁了呢？“毁吧”说，这可是个惹祸的根苗……祖爷爷就像个木偶被这五个字操作来操作去。

祖爷爷最后还是采纳了“毁吧”的意见，他觉得“毁吧”虽然有些无可奈何，但深谋远虑。时间不容他多谋划，他采用了一个叫他日后想起来都感到脸上无光的粗劣法子，大叫着鬼呀鬼呀从作坊里冲出去，直冲儿子手里的壶，当他确信那壶掉在地上碎了时，才直挺挺地躺下装猝死……

我能这么详细地讲我的祖爷爷，是祖爷爷毁了供春壶后在瓷器摊铺上买来的这把青花瓷茶壶。没有了那把紫砂壶，儿子没有了侈望的资本，只好当了祖爷爷的传人，这把壶也就一代一代地传到了我的手里。想不到这把青花瓷壶又像当年那把紫砂壶给祖爷爷出难题一样为难我来了。它是康熙年间的珠明料壶，这种壶，在我们这个年代倍受那些收藏家们的青睐。电视鉴宝节目里，同样的一把壶，询价五十万。我那宝贝女儿背着我把我的壶也拿到了电视节目里，专家给价六十万。

我的儿子看了电视对他的姐姐说，你凭什么抱着我们家的传家宝上电视？女儿黑着脸说，你什么意思？儿子说，什么意思明摆着的，嫁出去的女儿泼出去的水……女儿说，你是想独吞？拉倒吧你，要不是我的发现，哪能是什么传家宝！儿子说，这么说，你还是功臣了？女儿说，是不是功臣，对我这个功臣何种说法你说了不算我说了也不算，法律才是准绳……

我被气得心脏病复发，他们却不管不顾，忙着找律师作对簿公堂的准备。我的弟弟看了电视，领着他的儿子姑娘找到我的家里来了，同行的还有一位青年，他们给我介绍，青年叫刘律师……我忙用左手捂胸膛，右手示意他们走，说，既然你们请了律师，那就什么也不要说了，公堂上见吧！他们气哼哼地走后，我望着我的茶壶说，我该怎么办啊，你能给我出个主意吗？

我想起了祖爷爷的办法，可是我又不忍。我把自己关在屋子里到后半夜，揣起家里所有的现金，摸黑走进了华宝斋——我们这座城市最权威的鉴宝行。第二天我通知儿子姑娘还有我的弟弟一家来见我，说要给他们一个说法。他们到后，我叫他们到我的工作室坐下，我喝着茶，对他们晓之以理。盛茶的当然是青花瓷壶，我告诉他们，我还要用这把壶把茶继续喝下去，因为它是雕匠世家真正的衣钵……女儿打断我的话说，它不是壶，是钱，六十万元的钱。儿子说，只有他，才是这六十万的继承人。弟弟说他不管，他既然来了，是一定要拿走他那一半的……我把茶壶重重地搁到茶几上，咔嚓一声，茶几上出现了一堆碎碴……

我的壶！我歇斯底里，捶首顿足。面对我的心疼，我的儿子怪他的姐姐，于他们的叔叔，又同仇敌忾。一阵埋怨谩骂之后，不欢而散。我躲在窗帘背后确认他们离去后，脸上露出了欣慰。我把从华宝斋买来的仿品的碎碴处理好，拿出我的传家宝抚摸，又把它藏得更好。但只一会儿，我又忧心忡忡了。既然是传家宝，今天我把它藏得再好，有朝一日，我还是要把它拿出来传下去。我仿佛嗅到了在我百年之后，我的后人们为了这把壶的血腥。

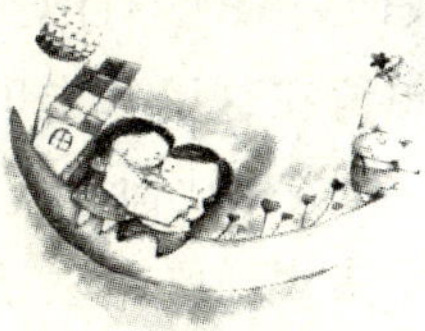

# 做　人

陈明清出狱的第二天，郑关东就找来了。

郑关东带着几个混混把陈明清堵在小区的门口说，三条路由你选：一是从我的胯下钻过去，从此你是孙子我就是爷；二是再对你爷我动拳头，再次回到牢里去；三是让人把你横着从这里抬出去。

陈明清站着不动。

你既不钻爷的胯，也不对爷动拳头，看来你是看中第三条路了？郑关东嘴巴一歪，混混们一哄而上，乱棍就打到了陈明清的身上。陈明清真的让人横着从小区里抬了出去，抬进了医院。

凭陈明清的身手，这些人是伤不了他的。当初他们就被他一个一个地打趴在地上，太恨，他对躺在地上呻吟的郑关东的头补了一脚，腿关节上擂了一拳，那一脚让郑关东整整昏迷了一星期，一拳废了他的一条腿，落下了终生残疾。

在医院里包扎时，邻居们要报警，陈明清不让报。他选择郑关东给他指出的第三条路，是想能化解掉昔日的仇恨，为日后的好好做人扫除一大障碍。不报警，还是为了化解二字。

万万没有想到的是，他从医院出来，郑关东又带着人来了。他望着游荡在门卫周围的他们，一阵摇头叹息后，悄悄地从后院翻墙溜出了小区。他住院时，这伙人向抬他上医院的邻居家扔西瓜皮，邻居们已有议论：小区往后去又无宁日了！他不能搞得大伙不得安宁。

能去哪里呢？不由自主地转到了服刑的监狱。在门口转了两圈，吴狱长出来了。几天前吴狱长就是在这里对他说那番出去后好好做人的话的。他跟吴狱长说郑关东他们，说完说，吴警官，你还是让我回来吧！吴狱长说，你现在就回去，他们要再打你，你就还手，出了事我负责，只是在你把他们制服后，不要像上回那样补那一脚一拳。陈明清怔怔地望着离去的吴狱长，心里说，你要我回去跟他们打架……

往回走时腿有些不情愿，他真想留在这里不走了，真的是很留恋在这里度过的那段日子。刚到监狱时，牢头不让他吃饭，让人分吃他的饭，他夺过牢头的饭就吃。他吃完了，牢头说，吃下去了，好，看我怎么样让你吐出来！牢头刚说完，一伙人朝他扑过来，他双臂一扩，扩倒了那些人，把牢头踩到脚下说，都给老子听好了，往后去，谁敢多吃他人的一粒米都不行……

随后的日子里，他被调换了几次牢舍，那些狱霸都被他以同样的方式制了个服服帖帖。吴狱长就让他协助狱警管理犯人，他的刑期是三年，才刚刚过了一年，吴狱长就四处活动，给他减了刑。

在小区门口陈明清又让郑关东截住了，郑关东说，仍然是那三条路……陈明清又像上回那样站着不动，郑关东又是嘴一歪，他兄弟们的棍棒又向陈明清递过来，在棍棒就要打到陈明清的身上时，他两臂一扩迎过去，那些棍棒就粘在了他如吸铁石一般的胳膊上，他随后大叫一声“嗨”，棍棒又离开了他的胳膊，向相反的方向散去，也就在这时，陈明清的后背被一把刀抵住了，刀是从郑关东的拐杖里弹出来的。陈明清正要一拼，一声不准动，三个警察出现了，喊不准动的接着说，把使刀杖的给我铐了，直接带到拘留所去。

警官向陈明清伸过来手，还认识我吧？一年前就是我送你进监狱的，凭良心说，当初谁都不忍心送你进去，可是谁都没权不让你进去，因为你那一脚一拳过当了，犯了故意伤害罪，要你那时候能像现在这样拿捏得好分寸，谁拿你都没办法。不过你现在又似乎太软了点，好好做人，不是要你在坏人的面前夹着尾巴做人，法这个东西光守是不够的，还要懂，会利用法律这个武器保护自己……

陈明清望着如神兵天降的警察，说，谢谢……警察们说，你谢吴狱长吧，吴狱长对你真好，他叫我们转告你，不光要好好做人，还要挺起胸膛来做人！陈明清说，吴狱长？警官点点头说，难道你就没想过我们迟不出现早不出现，偏偏在节骨眼上出现了有些蹊跷吗？这一切都是吴狱长安排的，包括你在监狱里的一切。我们警察也是人……

陈明清的眼里又一次噙满了泪。

# 湖边上遇到的两个孩子

那年，我到武汉大学学哲学，三个月学到手一句话——喜怒哀乐可以因为角度的不同而有所不同。

就这一句话还是老师的即兴发挥，与书本无关。老师还举了一个例子，有个哲学家在公园里碰到了个哭泣的女孩子，女孩子因失恋而哭泣，他爱那个男孩子，男孩子却去追另一个女孩子了。

哲学家并没有像思想工作者那样苦口婆心（短训班全是政工人员），而是对那个女孩子说，你不过是损失了一个不爱你的人，而他损失的却是一个爱他的人，他的损失比你大，不甘心的人应该是他。

哭泣的女孩子一怔后不哭了，还对哲学家露出了笑容。

晚饭后，我到湖边散步，是风景很好的武汉东湖。微风熙熙，月光很好，我正为我感兴趣的老师的话继续感兴趣时，走到了一个女孩子的身边。女孩儿坐在水边的一块石头上，掩面而泣。我的第一感觉是，这孩子不会是遇到了什么想不开的事，想做傻事吧？

我就在她的身后站住了，说，同学，湖边凉，湿气大，女孩子这样坐时间长了会影响健康的。不料她哭起来说，我都不想活了，还管什么健康。果然是，我骇然，说，活着多好，还有什么能比活着好？

她说，死！

这可是个棘手的事。我这个思想工作者还没有作过一个女孩子不想活了的思想工作。用我惯用的那一套说服她，看来不是件轻而易举的事。我突然想起我学到的那句话，及老师举的那个例子，我就对她说，同学，你能把你想死的原因跟我说说吗，兴许我能给你支个好招。

还真是巧合，女孩子遇到的事，与老师举的那个例子大同小异，我也就扮演起哲学家的角色，对面前的女孩子说，你不过是损失了一个不爱你的人，而他损失的却是一个爱他的人，他的损失比你大，不甘心的应该是他。

女孩子一怔后，果然不哭了。在她对我露出笑容之前，望着我说，老师，你是哲学系的吧？

望着她高傲的身影谦恭地离我而去，想着她对我的称呼，我被成就感陶醉，我这个短训班的学员，不仅变成了老师，还是哲学系的老师。

第二天晚饭后我又到了湖边，又，是跟过去的来湖边完全两码事，过去是散步，漫无目的的散步，这回却是想再当一回老师的有的放矢。果然又让我逮到了机会，目标是一个男孩子，他在湖边的小径上来来去去，走走停停，痛苦万状。

除了爱情，还有什么能叫这个年龄段的男孩儿这么痛苦万分呢？

到底是。

在得到这个结论前，我用了些方法：做政治思想工作的方法，循循善诱的方法。男孩子很快就像一条鱼儿被我的饵食钓住了。也是男孩子这时候太苦闷了，太想有一个倾诉的对象。我充当这个对象，他就对我朋友般地说，老师，你说这世界上怎么还有这样的女孩子，昨天我们说好的，今天在这里会面，她比约定的时间晚到了半小时不说，有个男同学说多一张电影票，她就把我扔下了，和那个男孩子走了。

我说，你们确立了情侣关系？

他说，那还用说。我说，看来你挺爱她。他说，那还用说。我说，她知道你很爱她吗？他说，那还用说。他一连用了三个“那还用说”。

我一阵陶醉，我又可以过一把当哲学系老师的瘾了。我这么说，是他已把我当做老师了，离哲学系老师一步之遥。我就像哲学家那样很自信地对他说，你不过是损失了一个不爱你的人，而她损失的却是一个爱她的人，她的损失比你大，不甘心的应该是她。

我一说完，他就思索起来，躁动明显地减弱了。

我正在心里说，看来这个法子还真是个真理，并有点颠扑不破的味道……突然他两眼直直地盯住我，我的目光与他对峙时，他却又把目光挪开了，然后望着自己碾地的脚尖期期艾艾地说，其实不甘心的还是我，为了她，我放弃了一个十分爱我的女孩子。老师你这么关心我，你说我应该怎么办?

复杂了，这是我没有深想的，也是老师的举例还没有深入到的一步。

我语无伦次。

# 心　境

怎么又是他？我看他一眼，上还是不上呢？他把头朝我这边伸了伸，笑容可掬地说，很高兴为您服务。我说，我要到汤逊湖，能去吗？他说，去，到哪里都去，出租车，顾客就是上帝。我想说，那里可是堵车，堵得还蛮厉害的……他的笑容，让我把到了嘴边的话，咽了回去，伸手不打笑脸人嘛！

上了车，他对我说，汤逊湖，大学城，您是那里的教授吧？老远，我就看出来，您一定是那里的教授……我说，你老远就看出来我？他说，可不是，您站有站像，招手有招手的样，处处都显得彬彬有礼。不像那些打工的，愣头愣脑；不像那些自我感觉良好的，轻轻浮浮；也不像那些口袋里有几个钱，瞎乱摆谱的……

他的话使我想起那天坐他的车他给我说的那些话：到处挖，到处堵车，这个城市完全让一些读书人搞坏了，听说那个管满城挖的市长，就是从你要去的大学城升上去的，听说还是个什么教授，教授都是些纸上谈兵的队伍。百无一用是书生，你不会告诉我，你也是那里的教授吧？

于是，我还是忍不住说，你老远就看出了我，证明我这人简单，被你一眼就看透了。他说，您可别这么说，让人看透也不是什么坏事，君子坦荡荡，这可是圣人说的，圣人的意思，不就是主张让人看透吗？让人看透你是个光明磊落的君子，不是那种长戚戚的小人……我一笑，仅仅是一笑。

车，又被堵住了。我怕堵车，更怕堵车时出租车司机的牢骚。这种怕，正是来源于一个月前，我坐他的那次车。他骂城市、骂道路，骂管城市、管道路的官员。骂完后，说走这趟线就是倒霉，走走停停，费油，还费时间。让你坐在他的车上，很不是滋味，很尴尬，就像您坐他的车，欠了他八百吊似的。

好在我们旁边的车，传来了争吵声，他从车上下去了。是一个出租车司机和一个开高级轿车的女人在吵，都说对方挤了自己。一会儿，传来了他的声音：心放宽点，就不挤了。两个人的争吵真还没了，他拍拍出租车司机的肩，最后那下用了些劲，出租车司机对女人说，对不起……女人也改口说，只怪这路……他说，路也是暂时的，修完了就好了，看了规划图，还是蛮科学的，完工后这里的车流就顺畅了……

难道这个出租车司机不是我上次碰到的那个？这世上，有两个长像完全一样的出租车司机？这个问号，在我的心里放大再放大，直到到站。

票价和上次的一样八元五角。上次，我的手头只有八元零钞，我说是不是八元算了？他说他有零钱，可以找！还说，油价上涨，堵车费油、还费时间，为我跑这一趟亏死了。我的心情本来已经被他弄得很不好了，说，得得得，你这人……口若悬河着，把一张百元钞甩给他。他也把一堆零钱甩给我，说，得得得，我看你这人也是给人上课惯了，养成了职业病？

今天，我的手里有张十元的，我甩给他说，堵车让你费油、费时间，不用找了。我这么说，是进一步试探他是不是那天的那个他。他说，那怎么行！说着，找给我两元，说他没有五角的零钱，收八元算了。说汤逊湖的风景好，他最近来到这里，每次的心情都特别好，说我坐他的车，是花钱请他到这里来看风景，冲这，他已经占老大的便宜了。

说着，他冲我说，祝您好运，希望能再为您服务。我说，慢，想问你个事，你是不是有个孪生兄弟？他一怔，说，孪生兄弟？望着我恍然一下，笑得很有点不好意思地说，是有过，可是一个月前，他谢世了.去世了？我骇然。他释然一笑说，我那个孪生兄弟怪怪的，听了一位高人的话，惭愧死的。那人对我那怪怪的孪生兄弟说，……我们改变不了环境，但可以改变自我的心情……

望着他高兴地离我而去，我依稀记起，这话好像是我那次口若悬河的产品……我说，你这人今天是不是碰到了什么不开心的事？他说，开心又怎么样？不开心又怎么样？我说，开心是一天，不开心也是一天……他打断我的话说，从这个城市开始满城挖的那天起，老子的心情就没有好过……我也打断他的话说，境由心生，环境我们不能改变，但我们可以改变自己的心情……

这一天，许是应了他的祝福，我的心情格外地好。

# 贝恩死了

老吴的孩子要去悉尼留学，想找我女儿问问那里的情况。电话接通了，我女儿的哭声响起：爸爸，贝恩死了……我一愣，女儿继续说，爸爸，贝恩死了……

我说，贝恩，哪个贝恩？贝恩是谁？

她说，安的贝恩，咱们家的贝恩。我终于明白了，是那只小狗。小狗虽然很可爱，可是她并不喜欢它。在她的家里，经常听到她驱赶小狗的声音，有好多次在安不在的时候她还用脚踢过小狗。最严重的一次是她发现小狗睡在她的床上，她找来一根棒子狠狠地揍了狗一顿。安回家她还与安大吵了一次，一连几天连安也不准进她的房间。

我心里说，你不喜欢它，死了不是正好吗？口里说，一只小狗，死了就死了。女儿说，你没养过狗，你没体会，贝恩早就成为我们家庭的一员了，在我没跟安结婚时，贝恩是跟安睡在一张床上的，前天贝恩死了，安就病倒了，到今天还在病着，一天到晚跟我嘀咕贝恩，一嘀咕就流泪……

我被她的情绪感染了，眼皮发涩，心里酸酸的。我女儿和我一样，面硬心软，她的情绪也一定是受安的感染。我说，多安慰点安，狗老了，我几年前就听你们说它的日子不多了。狗老死和人的寿终正寝一个理，在中国属于红白喜事……

女儿说，这是在澳洲，澳洲的事你不会懂的。我说，我不懂，反正你得多劝劝安，安呢……女儿说，被他妈妈拽到宠物医院处理贝恩的后事去了。那老太婆一听说贝恩死了遗体留在了宠物医院，说啥也要安和她去把贝恩的遗体领回来，说宠物医院对狗的遗体不尊重，多是扔垃圾箱，他们不能让人把贝恩的遗体扔在垃圾箱里。

安的母亲，我们背地里叫她养狗专业户，一个人寡居，养了五只小狗，每次来看她的孙女，车门一开，五只小狗就连蹦带跳地从车里出来，在女儿家的花园里满地乱窜。她每次来，我都是远远地躲开，我怕她身上的那股狗味。在国内，养狗人的家门我是说啥也不进的，门口我也是不多停留的，那股弥漫在空气中的狗气味叫我无法忍受，那气味骚骚的腥腥的，直叫人想呕。

可是对待贝恩，我不得不忍受，我的宝贝外孙女喜欢它，爱屋及乌。我的外孙女每天早晨一起床就要找贝恩，贝恩的家在花园的西南角上，有时候我外孙女一叫，它就摇头摆尾地从它的小屋里跑出来，把两条腿搭在我外孙女的肩头上。它有时候赖床，我外孙女就拍着膝盖不停地叫它，它懒洋洋地出来，伸个懒腰。一见我们是要出去，它又精神抖擞地跳到我们的车上……

我们出去多是到商场购物、到餐馆就餐、到海边玩耍。我们购物外孙女坐在小推车里，贝恩就紧挨她的小车坐下。我的外孙女洋娃娃一个，谁都想过来摸摸她的小脸蛋。这时候贝恩就冲着来人吠，大有一副为保卫它的小主人不惜粉身碎骨的架势。外孙女坐下来吃饭，也是必定要她的贝恩挨着她坐的，贝恩当然乐意，好吃的东西外孙女自己吃一口，必定是给它一口……

贝恩死了，外外知道吗？我突然像想起了什么似的问女儿。女儿说，外外听我们说贝恩，问了几次了，第一次我们告诉她贝恩去天堂了，她就让我们给贝恩打电话，坐飞机一定要把安全带系好。第二次再听到我们谈贝恩，她对我们说，妈妈你对贝恩说了坐飞机系安全带的事没有？她的爸爸流着泪对她说，说了，贝恩朋友带的话怎么能不带到呢！她像明白了什么似的说，爸爸你怎么哭了，贝恩是不是回不来了？说完也哭了。

我的泪流了出来，老吴的眼圈儿也红了。

# 释　梦

那一天，我徘徊于古镇的街道上，口袋里装着张两万元钱的购物卡。这两万元钱，是我在宁波打拼十几年的全部积蓄。我这一说您可能就清楚了，十几年来我可以说是一直在走麦城。我想把这张购物卡送给一个决定我后半身命运的关键人物，这个人物就住在这个叫做东沙的古镇上。

我正想着用什么方法把它送到对方和他的家人手里，身后传来了一个苍老的声音——释梦吗？苍老得带些幽深，我循声望过去，看到的是一位童颜鹤发、笑眉笑眼的老人。梦？我今天的东沙之行，不正是为着圆我的人生之梦吗？我想起那个秀才赶考的故事，决定与他开个小小的玩笑，缓解一下我心中的苦闷，花个十元二十元的，讨他个吉言。

我说，我昨晚真的还做了几个梦，一个在我自家的墙头上种白菜；一个下雨天出门戴了一顶斗笠，还打了一把伞；一个和我非常喜欢的女人背靠背睡在一张床上。我边讲边目不转睛地望着他，一是想看出他知不知道这个故事，一个靠释梦糊口的人要连这个故事都不知道，我就不跟他说了；一是这个故事有绝然不同的两种释法，他释梦为钱，期盼他给我那个好的释法。

他歪着头咧开嘴笑，笑着等我说完。我刚说完，他哈哈、哈哈、哈——哈地笑起来。后面的两个哈字一拖一紧，让我的心里跟着悚然一下。然后他慢条斯里地对我说，小兄弟不妙啊，你墙上种白菜，叫白费劲；你戴斗笠打伞，叫多此一举；你跟喜欢的女人睡在一个被窝里却是背对背，这不是在说你没戏吗？我可是实话实讲，别怪我没心没肺，嘴上不积德……

我也回他哈哈、哈哈、哈——哈六个字，拂袖而走。我是无话可说，是我让他释的，抓鸡不成反蚀米，我抓鸡之心在先。

生活在舟山群岛这个佛教圣地附近，尽管对这种释梦的把戏司空见惯，从不把此把戏当一回事，可是这次，他那一拖一紧的两声哈哈，有如两片阴云潜进了我的心里，叫我怎么也挥之不去。没戏，我还在这里转悠什么？何况，赌注还是我十几年心血的全部积蓄！

顺其自然吧！我从东沙古镇走出来，又怀着这种心态走进考场。从考场出来，我信心百倍，理直气壮。功夫不负有心人，所有的考题我都答对了。尽管很多人都在说着这里面的潜规则，我不相信那些规则能让我的对变成错。要真是那样，我的理直气壮也会帮我讨回公道。想起几天来受老者那张乌鸦嘴的折磨，我决定也对他还以颜色。

我戴上墨镜口罩，又一次来到了东沙古镇，直奔主题地对乌鸦嘴老者说，给我释个梦吧。我把那三个梦又一次讲与他释，他看都不看我地说，好梦呀，小兄弟，你墙上种白菜，叫高中；戴斗笠打伞，叫有备而来；和喜欢的女人已经躺在了一个被窝里，说明你翻身的时候该到了！

难道他知道了我是来找他的晦气的？我于心里说：你这个吝啬鬼，干吗不把这个吉利的释法放在前面！你就是好话连天也已经晚了！说着我取下墨镜和口罩说，可前天您还说我没戏。他没事人一个地说，前天，前天你来找过我？前天我说过？你是赶考的秀才……要是秀才该是有学问的，该知道一些赫拉克利特，该听说过他那句人不能两次踏进同一条河流的名言，既然一个人不能两次踏进同一条河流，踏进同一条河流的人也就不可能是同一个人了……

他说完站起来，像我上次那样，拂袖而去。

留下我，望着他扬长的背影，在他绕口令般的河流里绕来绕去。

借他的吉言，我以前三名的成绩被录取了。我高兴，主要是那种侥幸的高兴。由于与老者的相遇，让我避免了出现在部长先生的那张黑名单上。那是部长同志“收受贿赂”的详细账单，也是一张招领通知书，通知那些给他送过礼的考生找他的办公室主任把送他的钱物领回去。名册上既有被录取的考生，也有没被录取的考生……

我决定谢他。我再次来到东沙古镇。路上我就想好了谢他的方法，那张两万元钱的购物卡还在我的口袋里，我决定全部给他。可是他不在了，我问人，人们反问我找谁，说玩释梦把戏的人多了。我刚说他的特征，有人说，他找闲云野鹤！童颜鹤发、闲云野鹤……我说，对对，就找他。他们说，他可是不好找，走了。我说去了哪？他们说，街南，街北，天南地北……我说，他什么时候还来？他们说，你知道什么叫闲云野鹤吗？怎么跟你说呢，来了就算是来了，走了也就走了。

一晃二十年过去了，我无时无刻不在找他。五年后找到过他一次，他说，你五年前找过我。十年后又找到过他一次，他还是说，十年前你找过我。当然，那都是在梦里。

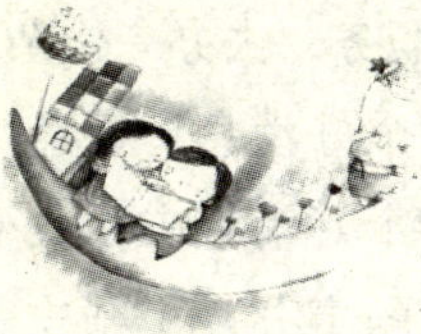

# 跟着感觉走

壶嘴要我办一次家宴，把文友们弄到一起吃泡菜、花生米、黄瓜大酱、咸鱼、洋芋煮腊肉，喝包谷酒。几位文友正在猜测当官的壶嘴怎么突然想起了用这种形式和大家聚，壶嘴就拎着一塑料桶包谷酒来了，另一只手里还拿了一条红颜色的烟。他把烟往饭桌上一甩，伴着那吧嗒一响说，抽不了兜着走。

大中华！老五的手向烟伸去，老麻也把手伸向烟，老匪后来居上先拿到烟，一条烟顿时在他们的手里成了三段。老匪抓了四包，得意地向壶嘴举杯说，感谢你的烟，借你的酒敬你一杯，刚才我们还在说，你怎么想起来用这种形式跟大家聚会。壶嘴也举起杯，把酒倒进嘴里，摸把嘴说，这一段特别想念过去的日子，就这一个想字还不够吗?

过去的日子，就是我们年轻时候的日子。我们谁有了新作谁作东，让大家来帮忙出点子。那时候条件差，吃的就是上面那些菜，喝的只能是包谷酒。后来壶嘴当了官，就离我们而去了。叫他壶嘴是因为他的嘴大外翘。我说他把酒倒进嘴里一点没带夸张。他把嘴朝天，高高地举起酒杯慢慢倾斜，让酒落地有声地进到他的嘴里。开始我们认为那是他的一种恶作剧，后来才晓得是他做人的技巧，这不，就这一下子，就拉近了和我们的距离。

在老匪赞了他爽快后，老五也向他举杯，他又是故伎重演。说到这里，我似乎也有必要介绍一下我们几位，老匪，是因为他浑身散发着一股匪气，老麻是因为他一喝酒就麻木，老五则是根据一个电视剧中有个叫霍老五的反面角色来的，反正都不是正面形象。老五举了杯，老麻肯定也不会放过，当酒在壶嘴的嘴里一阵咕咚脆响后说，真是江山易改，本性难移！有了几分酒意的壶嘴把酒杯重重地放到桌上说，爽呀爽，真他妈的爽，儿子才想过移！说完他睁大已发了红的眼睛说，报告大家一个好消息，我壶嘴决定重操旧业了，前几天喝酒我已给我们传媒公司的老总说了，决定辞去地产公司的老总的职务，去办一份杂志。

办杂志？我们四个人都说这确实是个好消息！壶嘴用汤勺舀起两块洋芋，把洋芋连汤倒进嘴里说，当然是个好消息啦，我壶嘴当初想法儿往上爬，就是想有朝一日干自己喜欢干的事办一个杂志。我们五个人办这个杂志，一定不会比什么《十月》《当代》差！他们三人同时睁大了眼睛，我们五个人一起办？我们五个人办的，当然不会比那些刊物差！你当老总，老全当总编办主任，我们这几个编辑也是过得硬的。

老全是我，年轻时他们是叫我不全的，那时候我是单位的办公室主任什么东西都力求周全，最后却总是有疏漏的地方，他们就给我起了这个外号取笑我。当他们还在精心策划时，壶嘴头一歪趴在了桌上，很快就发出了鼾声。让他睡一会儿吧，当个官也累。他们三个人都这么说。我们就围绕刊物说话，多少页码，什么风格的封面都策划完了，壶嘴还没有醒。无奈，酒宴只好作罢，由他们三人打车送壶嘴回去。把壶嘴弄上了出租车，他也没醒。

一日无话，第二天老五打来电话，问壶嘴那边有没有什么动静。我说哪能有这么快。第三天老麻来电话也是问这个事，我说我还想问你呢，前天可是你们送他回家的。第四天老匪也来了电话，还是问这个事，我说你也可以问问他。他说，还是你问吧，你也在官场混过，和他说得来些。我说，好吧，有消息了给你电话。

壶嘴给我来电话了，请我们到华美达旋转餐厅吃自助餐，说那是中餐西餐一体化的自助餐，城里最高档的自助餐，海鲜生鱼片都有。说写东西的人总是对新鲜事物感兴趣的，老匪他们一定很乐意去。我说，办杂志的事怎么样了？他说什么办杂志的事？我说你那天说的。他说，我那天说了吗？又说，也有可能说了，那天我跟我们传媒公司的老总闹了点不愉快，想过去办个杂志算了……可能是酒喝多了，糊里糊涂跟着感觉走了……

我"哦"了下，刚想说点啥。他说，你一定要通知他们哟，我们传媒公司又弄了一块地，还是我运作。这可能是我这辈子最后的一件大事了，楼盘叫什么名字很关键。你们先动脑筋帮我想想，如果能在酒桌上定下来，那可是有奖的，一人一千元钱……

我给文友们打电话，他们都以为是办杂志的事。我解释完后，老五说，我感觉，他是不是看我们喜欢贪小便宜？老麻说，一千元在我们这里买他的关键，我感觉他把我们当要饭的了。老匪更干脆，我感觉他说话像在放屁，咱也来一回跟着感觉走，不去！

# 晚霞满天的傍晚

和女友正在宿舍里亲热，有人敲门。我怒火中烧：准又是哪个神经病！

神经病是指那些探访我宿舍的人。从当新生那会儿开始，他们就不停地来。开始，新生的原故，我们对他们很客气。我们的宿舍人多拥挤，他们进屋转转看看，也就走了。后来，同学们出去租房住，剩下我一个，他们进屋后，找个地方就坐下，说些让我莫名其妙的话。

一个晚霞满天的傍晚，一位四十岁左右的男子，惶惶着一张脸进到我的屋里，神情落寞地东张西望。我说，先生，你找谁？我把他当成我同学的亲朋。不料他说，我找我，找从前的那个我，我觉得从前的那个我在这里，我就找来了。还是一个晚霞满天的傍晚，来的也是位四十岁左右的男子，神情恍惚，说他是来验证一些感觉的，说他毕业后的这些年去过许多地方，做过许多的事，无论是成功的喜悦、失败的悲伤，他都怀疑他是不是他，是死了还活着。还有一个三十多岁的男子，他来时仍然是个晚霞满天的傍晚，他说他天天做同一个梦，梦见自己成了许多个自己，许多个自己都告诉他，他们可以在这里汇合，于是他就奔我的宿舍来了……说来也巧，他们在那些个晚霞满天的傍晚来拜访我宿舍的时候，我都是心情很好地站在窗前，面对着晚霞的绮丽——我刚吃罢最对我胃口的晚餐，等我的女朋友在晚霞那边的师大校门里走出来。我也就对他们态度奇好，笑眯眯地为他们那些稀奇古怪的事当听众。

敲门声不屈不挠，我的女朋友很扫兴地吁了口气。我像得到了命令，很不耐烦地问，谁？同时朝门口走去。门外也传来很不耐烦的应答，我！你是谁？我同时拉开门。他不客气地往里进，说，有人嘛，敲半天也不吱个声。我挡住他，不让他进。他说，怎么回事？我说，这话应该是我问你，这可是我的房间。他说，我还说是我的房间呢！我眉头紧皱，说，希望你不要成为让人厌恶的入侵者！他说，我还说你是入侵者，我大学四年都是在这里度过的，留在我心里的是美好，你现在让我的美好变得不美好了，你不是入侵者谁是。我见他的话里有酒气，跟酒鬼扯事，是扯不清楚的，便对我的女朋友一挥手说，走，他不走我们走！他的话从后追过来，原来是还有一位，怪不得的……

如今，我也要去探访那间宿舍了。上面的那些事，距今已有好几年了。

我于宿舍的楼下徘徊。我今天也喝了酒，酒气熏天的，进人家大学生的宿舍总是不好。我正奇怪，今天怎么又是个晚霞满天的傍晚，一个声音从宿舍的窗口里传下来：您是不是想找谁？我说，我喝酒了……窗口里伸出颗重叠的头，说，您的回答与我的提问是两码事。我说，一回事，我喝酒了，难道你不介意？他说，你是学长吧？还是学长学姐们懂礼貌，昨天有位学姐来，也是彬彬有礼，进门前也是问我，我可以上来看看吗……

学姐？我的酒醒了一半，难道是她？因为这里一直是男宿舍。我噔噔几步上到楼上，见他像我当初那样，站在窗口，心情很好地面朝着窗外的晚霞，我也就直截了当地向他发问，你说的学姐什么样？他说，很美的学姐，但也是位显得很苦的学姐，她的眼睛使人想到梨花带雨……

是她，一定是她，我打断他的话说，那位学姐到这里来干吗？他说，学姐的眼里时刻都会掉下来泪，没敢多问，也许，她是来这里祭奠一个什么人的，不然她不会那么忧伤……我泪眼迷蒙，她祭奠的一定是我——那个过去的我。在我们没完没了的争吵中，她曾对我说过，你已经不是你了，那个过去的你已经不存在了，死去了……我怀疑她病得不轻，说，你是不是有哪里不舒服，我陪你到医院去看看。她说，不，我们该去的是法院……

我今天就是因她来寻找我的。她和我分手后，手机换了号，失去了联系。与她失去联系的这两年，她的预言应验了，先是我的公司死了，随后是我的心死了。我后悔当初没有听她的，脑袋一热跟几个投机取巧的家伙辞职下海。我没有了工作，没有了钱，更要命的是追着我屁股要债的那些人……

我正要问他，那位学姐去了哪，住在哪？他对我说，学长你坐会儿，我的女朋友找我来了？我朝他指的方向望过去，一个女孩子正沐浴着嫣红的晚霞在越过一片草地。我奇怪，她怎么酷似我当初的妻子，学弟已到了楼下，张开双臂朝那个女孩子迎过去。很快地，他们合二为一，也像我和我的妻子当初那样，成了一尊造型别致的雕塑……

我的心里无由来地涌出一句话：晚霞虽醉人，可惜近黄昏。

# 和蝌蚪一起玩耍的小男孩

那年，武汉大学的东面和南面，都还是荒野。我们这些苏格拉底、尼采的信徒，常在夕阳西下的时候，到田埂上散步，说些在大街上走路的人们不喜欢听的话。

那天的夕阳是金色的，田埂两边的水草泛着绿色，田埂中间的路本来是白色的，被夕阳一涂，也变成金色的了。我们在田埂上心情很好地往前走，遇到了一家三口——夫妻俩和一个约莫四岁的小男孩。小男孩裤头背心，胖胖嘟嘟的，在水塘里捉蝌蚪。他的爸爸，拎着个透明的玻璃瓶，玻璃瓶里有水，水里有几只小蝌蚪在游。他的妈妈穿得很漂亮地站在田埂上。由于田埂窄，我们和他们擦身而过。

女人身上的粉脂味，使我想起我的妻子，胖嘟嘟的小男孩使我想到我的儿子，这种一家三口到野外玩耍的事，我们也经常干。那是一种享受，是诗、是画……到野外去得多了，使生活在城市的他们，多了许多乡下的知识。想到我的妻子说，往后去我不会再把麦苗当韭菜了；儿子说，不把大肥猪当大灰熊了，我的脸上荡漾出沉醉的微笑。

呆呆走在我的身后，见我的话又少了，脸上还在无声地笑，问我说，思考者，又想起了什么高兴的事？思考者是他们给我的绰号，是说我话少，总像在想着一些什么事儿。我说，这一家三口，使我想起我的妻儿，要不是在这里学习，我也一定会带着他们在池塘里捉蝌蚪。

他说，不一定吧，就说眼前，你就能这么肯定，这一家三口，是两个大人带着孩子来这里捉蝌蚪的？他喜欢和我抬杠，无时无刻不这样反制我。用他的话说，他这是为了哲学，哲学就是在抬杠的过程中不断发展的。

老实说，对一些鸡毛蒜皮的小事，我是不屑与他较真的。可是今天，他的话严重影响了我的心情。我的心里，这时候有一幅非常美好的田园风光画——夫妻俩衣食无忧，带着孩子在野外，享受大自然，享受孩子给父母带来的天伦之乐。我收敛起脸上的笑容说，不是大人带着孩子来的，难道还是孩子带着大人来的？孩子那么小，他怎么能带着大人来到这里？

他的腔调惊讶得有些夸张地说，谢谢你的提醒，今天这一家三口，就是孩子带着大人来的。如今这个社会的大人们，面对着那么多的诱惑，要不是孩子吵吵着要带他们到这里来，他们能来？起码那个母亲不是，你看她始终是一副身在曹营心在汉、很不乐意的面孔……

在我们为一些事争论不休的时候，总是找个仲裁。这个仲裁，可以是我们的同学，也可以是我们的老师。这时候，老师和同学们都不在我们的身边，我说，你总不会为了这个问题去问那对夫妻，去问那个还不谙世事的孩童吧？他说，好主意！你真有才！去问这一家三口，也许比问我们的任何老师和同学都有用，他们才是真正的仲裁！看他兴奋的样子，我们原路返回，去请教那一家三口，是不可避免的事了。

还没有接近他们，远远地，两个大人就在望着我们笑。走近了，不待我们开口，他们先问我们，你们二位是干什么的？呆呆说，我们是来求你们回答问题的。他们说，知道你们是来问我们问题的，我们是问你们是从事什么职业的？我们就知道，我们刚才是处在上风头，我们的争论被风吹进了他们的耳朵里，也就老老实实地回答他们，学哲学的。他们相视一笑，男的说，啊，难怪，苏格拉底的弟子……女的一脸讪笑地说，你们不觉得你们要问我们的那些话很可笑吗？呆呆说，怎么能说是可笑呢，按你这说法，我们不都生活在可笑中了？女的说，别人我不敢说，起码你这个眼镜是的。

谈话一下子僵住了，男的用笑打破僵局说，看来这个问题只能让我们的豆豆回答了，豆豆，你告诉这两位叔叔，今天来这里捉蝌蚪是爸妈带你来的，还是你带爸妈来的？小男孩专心致志地用两个小手小心异异地捧水里的蝌蚪，看都不看我们一眼。女的勾下腰说，豆豆，爸爸问你话呢，你听到没有？告诉这位眼镜叔叔，今天我们来这里捉蝌蚪，是爸妈带你来的……

小男孩还是不回答，就像根本没听到一样，从爸爸手里要过瓶子，把瓶里的小蝌蚪倒进水里，石破天惊般地说，都不是的，是蝌蚪的妈妈叫我们来这里的，蝌蚪的妈妈哇哇哇，哇哇哇地叫，白天叫晚上还叫，说它生小蝌蚪了，小蝌蚪要豆豆来和它们一起玩，我和爸爸妈妈就来了。

爸爸翘起大拇指笑。妈妈一脸骄傲地笑。我也笑。呆呆也想笑，却始终没有笑出来。

# 稀 奇

黄金荣这个狗日的！

黄金荣是他的老板，虽姓黄，但不叫金荣。李奇这么骂他，是他在他们这座城市和黄金荣扮演的角色相似。慑于他的狠辣，李奇只能于心里骂。公开骂，怕传到了他的耳里，被他弄得生不如死。藏在心里骂，李奇又觉得不解恨。于是，他决定去李稀那里骂。李稀也总骂黄金荣，想骂了，就把他找去，让他听他骂。

李稀是他的同姓兄弟，一个村子里的同姓兄弟。到这座城市时，本想都在黄金荣的手下做事的。想想，干那些打打杀杀的事，哪一天两个人都被人打伤或是打死了，连个收尸的都没有，就金刚锤，结果是他到了黄金荣那里，李稀在北埠开了个杂货店。

李希的杂货店，开在北埠的市场里。李奇走到市场的入口，看到黄金荣和他的手下们正在李稀的杂货店门口，李稀把一条红颜色的烟往黄金荣的怀里塞。那应该是一条大中华？李奇想。想着，心里直叫怪，李稀怎么能往黄金荣的怀里塞烟呢？李稀恨黄金荣，恨不能一刀捅了他。

李奇带着这个芥蒂，等黄金荣和那些人离去后走近李稀。李稀见了他，揣上一瓶酒，用塑料袋装些花生米，牛肉干，油炸小鱼之类的食品，把店交给看店的小姑娘，和李奇走进后面的出租屋。出租屋很小，一张单人床，一把凳子，一个简易写字台也当饭桌。李稀让李奇坐床上，开酒瓶时看眼李奇的手臂问，好些啦？李奇就借题发挥：好他娘的个屁，黄金荣他妈的狗日的……

李奇的手臂是在为黄金荣拼命时，被对方的斧子削去的。

李稀赶紧把耳朵贴着门听听，对他一嘘说，房子不隔音，声音小点。

又说，我听你的不骂黄老板了，你怎么反而骂上了……

李稀骂黄金荣，是为交保护费的事，黄金荣收别人一百，却要他两百。敢怒不敢言的李稀只好把李奇喊来，关起门和李奇喝酒、骂。李奇没残时是黄金荣的干将，做的就是收保护费的勾当，就总是劝李稀消点气。还找理由开导他说，兴许是你刚来，时间长了，也许就跟别的人一样了，两百就两百吧，也不过就多百把块钱，咱们总不至于为这百把块钱，就把他当仇人，结这么个仇人……

和李稀每次被劝一样，李奇也尽情发泄，拍着桌子说，骂他是轻的，可惜老子没本事揍他了！他要老子们给他玩命时，说好的有个三长两短，他会够意思、养着老子们的。老子这才残了不到一年，这个月的工资他就开始打折扣了，总共一千多元钱，一下子就少了老子两百……

李稀把倒好的酒送到他的嘴边，打断他的话说，喝酒喝酒，消消气。李奇用左边的好手推开到了嘴边的酒，瞪一眼李稀说，你是真心敬我酒，还是用酒堵我的嘴巴？李稀说，啥意思？眼珠子转转又接着说，你让我说啥好呢，就算我堵你的嘴巴吧。你火气这么大，我再顺着你的话说，不是给你火上加油，不是害你吗？我火大时，你不也是经常这样劝我？

李奇自然想起李稀往黄金荣怀里塞烟的事，也打断李稀的话说，可我从来没有用酒堵过你的嘴，你今天的劝好像也与我对你的劝是两回事……李稀说，什么两回事三回事。李奇说，你敢发誓，敢说不是两回事？你敢看着我的眼睛告诉我，你刚才往黄金荣怀里塞烟是怎么回事？

李稀的脸一红，有些尴尬地“哦”了一声，很不自然地笑笑说，原来你是为这事，你看到了，我也就不瞒你了。你来前，黄老板他们已收完了别家的钱到了我这里，头一次和他面对面零距离接触，我见他笑着冲我点点头，我也笑着对他点了点头，并试探性地对他说，别人一百，我是不是也该一百了？你是知道的，为这事我没少与他的手下扯。你知道人家黄老板怎么说？没事似的一笑说，一百就一百吧！真的只收了我一百……

李奇说，所以你就回敬他一条八百元钱的大中华？你真是滴水之恩涌泉相报！说着，脸沉得像一块冷冰冰的黑铁板。

李稀望一眼李奇的脸，先是一阵愣怔，后扑哧一下笑。李奇说，你还笑得出来，有什么好笑的？李稀说，我笑我们俩是什么时候换了个位，你变成了我，我变成了你，此前哪一次不是你劝我，哪一次你劝我我不是如你今天这样？今天反而是我劝你，你还是学学我吧，每次我被你劝后，听你的往开处想，往开处想确实比想不开好。你想想，你残疾了一年，人家黄老板一直是一颗子儿也没有少你的，这个月也许人家有什么特殊情况，也许是手头紧了些……

李奇无法再听李稀说下去，手一挥，怒气冲冲地打断李稀的话说，去你的吧！站起来就往外走。外面风大，被风吹着走了一段，李奇的眉毛慢慢皱起来，还真是的，今天自己所扮的角色就是过去的那个李稀，过去的那个李稀今天却扮演起了那个总是劝他的李奇……自己怎么一下子就和他换了个位置？自己究竟是李奇还是李稀？

# 着了道儿

从棋牌室出来，老和坐在外间的离退休办公室喝茶，他冲我笑笑说，怎么，跟我一样了？我一愣，说，什么跟你一样？我才不跟你一样！你是没人和你玩，我是来晚了，他们角够了。他说，一样一样，都是没人玩，要不，咱俩玩。我说，跟你玩？跟你能玩啥？他说，喝茶说话。又说，我这里有上好的箭茶……说着，一只手拿起他的玻璃瓶茶杯晃着给我看，一只手伸进口袋里。

我们退休的，好像约好了似的，来这活动中心，都是拿个玻璃瓶茶杯，里面放的都是家里最好的茶叶，有比的味道。他杯里的茶叶，确实好，一个一个的，又肥又壮。我不说一片一片而说一个一个，是那些茶叶在他的杯子里像一个一个的虫子一样站着，一晃荡争先恐后的……见我眼睛一亮，他口袋里的手拿出来一个小塑料包向我伸过来。伸手不打笑脸人，我接过来说，恭敬不如从命，咱也来享受一下厂级的待遇。

说着我就直奔开水器，把我的茶倒进垃圾桶，把他的茶叶塞进杯子冲上水。他于我的背后说，被我猜着了吧，你们这些人小肚鸡肠，还在为那些陈谷子烂芝麻计较，你们都不跟我玩，我就知道你们一定是为那些陈年旧事。我说，你说谁小肚鸡肠？你猜着什么了？玩这个词儿也是讲究兴趣相投，门当户对的。他说，你看你看，你还说不是小肚鸡肠，你所谓的门当户对，不是明摆着在说，你们都相中的那个厂级的位置，争来争去的，最后让我坐上了……

我被他噎着了，又有着了道儿的感觉。着了他的道儿，是我们总在背后说他的话。他和我们一起，都是从厂子弟学校毕业下乡回厂当工人，进工大毕业后又一起当科长的同学。我们中的一部分人在书记手下当科长、支部书记，一部分人在厂长手下当科长、车间主任。他当的是两办主任——厂办主任、党办主任。厂长和书记屁大个事都非争个你输我赢，我们各为其主，在厂长手下的帮厂长，在书记手下的帮书记。书记就不喜欢厂长手下的那帮科长车间主任，厂长也不喜欢书记手下的科长支部书记们。只有他，书记厂长都喜欢。我们就说他是个工于心计，见风使舵的货。尤其是失意时，我们总忘不了怀疑，是着了他的道儿。

我冲完茶，不好马上走，就在他的对面坐下，喝了一口他的茶。他说，比你那茶怎么样？我说，这还用说，级别差距，我那茶自然不能与你的相比了。他说，给你好茶喝，不是叫你撅我的，你们冤了我一辈子，现在退了我可不再想被你们冤。我说，我们冤你什么了？你有什么冤的？我们科级退休，你退时却是处级……他说，冤。说着，扭开盖子喝口茶。

我也喝口茶，茶还没咽下去，他说，说实在的，这一辈子，你们哪一个都比我活得快活，你们想说就说，想骂就骂，说错了骂错了有人护着你们。只有我，成天像个裹脚小媳妇儿，每走一步都要小心异异，担心有哪天弄不好得罪了厂长书记中的某一位，被他们勒令下课。就这样，你们碰到了不高兴的事，还骂我工于心计，是着了我的道儿。他又喝一口茶，问我说，还记得那次说长江的宽度吗？

能不记得吗！就是那次以后，他一步登天的。那次的会上，厂长说，长江有五里路宽，书记说有七里路宽。我们有的就说五里路宽，有的说七里路宽。书记和厂长同时说，还是请我们的两办主任来回答这个问题吧！他的回答是，长江涨水时七里路宽，平时五里路宽。厂长和书记同时一拍桌子，对他翘起大拇指说，博古通今，是个人才……

老和突然变得一本正经地说，也许你们谁都没有想到，那个答案是书记和厂长告诉我的。还有你们谁都没有想到的是，那时候他们已经和解了。你们不相信他们会和解，所以各为其主，希望从中得到好处。我却相信，因为他们本是很要好的师兄弟，争输赢只是性格问题。我也就按我的想法当裹脚小媳妇儿。果然的，船到码头车到站后，他们一顿酒一喝就前嫌尽释了。在他们坐在一起商讨接班人时，你们都被骂了，骂你们一根筋，差点使他们失去了和好的机会。

老和再喝一口茶，说，那个长江有多宽的题，就是他们一起出的考题。那是个有关江夏某知县的典故，当时的湖广总督与巡抚不和，抬杠时一个说长江宽五里，一个说宽七里，涨水七里平时五里是那个知县的话。既是考题，当然是对大家的，谁答对了考虑谁上是他们端在手上的一碗水。可他们又说，两办主任连他们两个叫驴都能摆平，往后和谁做搭档都会让对方很舒心。私下里，他们以开玩笑的方式分头把答案告诉了我……

我说，你说的是真的？他站起来往外走去说，当时人已去了马克思那里，信不信由你们。我跟你说这些，只不过是想告诉你，你们不是着了我的道儿，也不是着了别的什么人的道儿……我沉思着说，依你这么说是着了我们自己的道儿？说完我抬头，他已到了门外。

# 朝　向

有个叫杨浦的人，要来当副厂长，厂长叫我张罗欢迎会。

我这个厂办主任，可谓是三朝元老了，厂领导来来去去，欢送会开过不少，欢迎会却是第一次，还是为一个副职开欢迎会。厂长叫我把会场放在三楼会议室，这可是厂里最宝贝的会议室，厂长办公会议都没舍得在里面开过，只有上级领导来了才启用。还要我在墙上拉一道“欢迎杨浦副厂长”的横幅，通知全厂的中层干部一个不漏地出席会议。

会刚开过，围绕杨浦副厂长说事的多个版本就出来了，归结为两类：杨浦副厂长是上面下来的人，后台过硬，连王者风范（现厂长的浑名）也不得不忌惮；杨浦副厂长四十岁过点，王者风范已年过半百，百分之百地是来接替厂长的，机械厂要改朝换代了。

职工们喊自己的厂长王者风范，一是厂长他姓王，一是他确实具备这四个字的含量。我们这个厂过去是个老大难单位，几届领导谁都没有搞好过。王者风范调来后，三脚两拳就让厂子变了样。三脚踢的是三个最牛的科长，三个牛人平时牛惯了，对厂长不服、顶牛，还想反踢厂长。他们的后台——两个副厂长出面合稀泥，王者风范就把两拳捅向了他们，把他们拱出了机械厂，把三个牛人的职给免了……

机械厂要改朝换代，王者风范秋后蚂蚱了。一些以前成天在厂长面前屁颠屁颠的人，去了杨浦副厂长那棵未来的大树下。杨浦副厂长喜欢喝酒、唱歌、搂着女人们蹦蹦嚓……那些人就利用手中的权力投其所好，消费的费用多了，杨浦副厂长就大笔一挥让拿到厂财会科想办法。很讲原则的财会科长，也睁一只眼闭一只眼。厂里过去花大力气打造的科学管理体系，大有土崩瓦解之势。

这一来，让很多人忧和恨，忧：千里大堤溃于蚁穴；恨：一颗老鼠屎坏一锅粥。他们大多是各系统骨干、工程技术人员，也有和我一样的中层干部。他们要我找厂长进言，说说厂长，他的放任，是对厂子不负责任，对自己不负责任，对我们这些支持他工作的人不负责任……他们说出了我的心里话，我不计后果地走进了厂长室。

厂长以前是面朝门而坐的，现在是背对着门，给人眼不见心不烦的印象，给人放任的印象。我敲敲门，他头也不回地说，请进。我进了，喊了他一声厂长。他虎起脸说，你什么时候也跟我变得生分了？他话里有话，我也就直截了当地说，这可是厂长您让我们生分的……他“哦”了一声说，此话怎讲？我说，同志们说，厂长是对厂子不负责任，对自己不负责任，对我们这些跟着您以厂为家的人不负责任……他又一次打断我的话说，你们说我该怎么办？

我被他问住了，怎么办？同志们没教我。我想了想，说，把他弄走，或者干脆打报告免了他！他转过身把门关实，笑笑说，我可免不了他，我打报告免他，返回来的说不定就是免我的决定，他是上面派下来的人，下来前可是前任市长的秘书。有后台就真的那么可怕？我还想说，厂长，您这顶乌纱就真的那么重要……

这话我没敢说出来。可从此后，我干什么事情都心烦意乱，真让杨浦当上了一把手，别的不说，我这个前任的大管家还能有好日子过？到市里办事，我瞅空钻进了组织部。分管人事的部长听我反映了情况，说，你先回去吧，你反映的情况，大家反映的情况我们都会认真对待的。

大家也反映了？我迫不及待地回厂，迫不及待地往厂长室走去。走到门口，见厂长把办公桌调了个，面又朝门了。我一怔，于心里偷偷地笑了一下，装做什么事也没有地掠过他的门口。回到我的办公室，喝着秘书递过来的一杯茶，我于心里庆幸——那天想说厂长的那句话幸亏没有说出口。

随后有消息传出，副厂长杨浦要调走了，王者风范要第二次开杀戒了……听到这个消息时，我正在办公楼后面的花园里和人说梅。厂里的这棵梅树，年内第二次开花，开的花还特别大、特别香，引来了许多看热闹的。梅开二度，而且还是开在我们这个又一次起死回生的厂里。大家说这可是爆炸性新闻，我笑了笑。

# 丢了一个人

丢了一个人，是男人跟司机说的。男人接了一个电话后，走到司机边上一阵嘀嘀咕咕。丢了一个人，就成了我们这车里的爆炸性新闻。

男人对司机说完后，如完成了一项任务，回自己的位置上坐下。车减速，于慢车道上慢腾腾、优柔寡断地走。有人就抗议说，我们坐的汽车还是牛车？这速度，什么时候才能开到？司机说，我也不想慢，这是高速公路，既不能倒回去，也不能停下来。惯常是，我们开车的只能是等乘客的消息，等乘客搭乘顺路车赶上来……

我身边的女人说话了，女人是个急性子，她冲那个跟司机嘀咕过的男人说，喂，你是不是给你那同伴通个话，叫他赶紧找车追上来！男人不紧不慢，从口袋里摸出手机，用手在屏幕上一划一划，一点一点。女人说，抓紧呀！男人慢条斯里地说，我不是在给他发短信吗！女人说，你说急不急人，一句话的事，用得着发短信吗！

男人瞪女人一眼说，这可是异地漫游，费用很贵的，把乘客丢在了服务站，凭啥该我出电话费联系？女人说，你的同伴留在了服务站，你不联系谁联系？男人说，司机是干什么的？司机说，开车前，我一再强调，叫大家互相看一下是不是都到了。男人说，我一直在睡觉，也没下车，要不是电话把我吵醒了，根本不知道你们在哪里停过……

这时候，坐在前排的一位老人说话了。老人像是从领导岗位上退下来的很有水平的那种。他说，都不要推卸责任，丢了人，司机的责任是推卸不掉的，还有这位同志……女人打断老人的话说，真是急死人了，谁是谁非管什么用！她又冲那个男人说，把你同伴的手机号给我，我来打！男人就不情不愿地由手机上找号，正找着，铃声响了，他接了说，已坐上顺路车了，问我们在什么地方接他？司机说，只能是前面的服务站！

车继续前行，仍然是慢腾腾的。女人说，师傅你是不是该开快点了？司机说，快有什么用，到了服务站，停下来等更着急。大家于是算起时间来，总共五个小时的路程，得跑六个小时了。说完又怪那个被丢的人：一个大活人怎么会被丢在服务站？一定是去逛商店了？一会儿大家可得教育教育他！嗨，碰到了这种人就是个倒霉！丧门星！

屋漏偏逢连夜雨，服务站还没到，前行的高速路被封，车辆都得在一个小站排队下高速走国道。抱怨又一次被激化，并集中于一点——乘客买的是高速直达票，走国道怎么算？尤其是听说封路是几分钟前的事，女人一挑头，乘客们对司机的炮轰火烧更猛烈，怪司机把乘客丢在了服务站，说我们的车完全可以赶在封路前过去的，都是因为司机为了省油开慢车……车上有个当地报社的记者，还说要在媒体上曝光……

但不管大家说什么，司机选择了不吭声。一会儿，过来一个穿收费站制服的女人，对司机说，只需走二十公里的国道，在仙人渡就可以再上高速。司机问，这段路出了什么事？女人一叹说，大事，十几分钟前，五十辆车连环追尾，死了十几人，伤了一百多人……

死了十几人？伤了一百多人？十几分钟前？我们的车上，不知是谁把女人的话变成了反问句。随即，车厢里一片鸦雀无声。排队、交费，直到我们的车在收费站门前的空地上停下来等那个被丢的人，我再没有见谁说过一句话。只有那个女人和记者，仿佛喉咙里有了什么异物似的，咳嗽了几下。

被丢的人终于出现了，是个毛头小伙子。司机见到他，像见到恩人似的迎上去，紧紧地抓住了小伙子的手，摇着说，福星，福星！要不是有你耽误了这段时间，前方出现的车祸，很可能是五十一辆车连环相撞，我们这一车的人还不知怎样。到这时，我才见大家有点不好意思地应和着司机的话，互相间小声地说，还真是的……

说着，那些看小伙子的目光，还真的像在看福星。

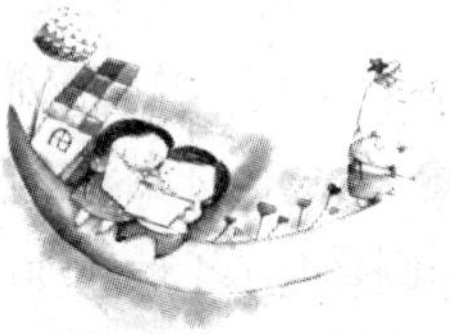

# 让他去天堂

与家旺的矛盾，是小事引发的。他是饮料厂经理，常把饮料往一些重要的单位送，我管的技术科和小文管的宣传科不重要，很少送。我们大学同学，他不送别人也该送我们。很多人也这样对我们说。我们就说，我们没他那样的同学。他听到后变本加厉，不光平时不送，过年过节也没有我们的份了。小文那边，不再宣传他。饮料厂设备故障找到技术科，我一句话：没工夫！

厂里每季度一次测评中层干部，作为日后晋升的依据。以前我们是给他画圈圈的，我们不光不再给他画圈圈，还拉拢人不给他画圈圈。他到处讨好，不就是为晋升铺路？我们又怎么能随便让他上去呢！他上去了我们怎么办？他当了我们的顶头上司，别说那日子不好过，那口气也咽不下去。

缺我们那两个圈，他的仕途还是走出名堂了——上头来人考评他，要升他为一个公司的副总经理（副处级）。由科级升为副处级，坎，仕途的关键。升了副处级，就可以顺理成章地升任正处级、副局级了……

听到这个消息，我正在办公室里抽烟，抽了一口再抽时，却把有火的一头塞进了嘴里，把嘴唇狠狠地烫了一下。扔掉烟，我就往小文的办公室走。小文坐在办公室里呆呆地抽着烟（他过去是写东西才抽烟），烟缸里满满的烟屁股。显然，他也听到了消息，且被这个消息折磨着。

我说，官迷到底当上官了！讨好人、收买人心的那套到底起作用了！

他在厂里都来这套，对上头使的手段一定更赤裸，不然，他也没有什么背景，那个副总的位置怎么会轮上他？我想，小文一定会把烟狠狠地摁到烟缸里，愤愤不平地骂娘，他却像傻了一样，只顾一口接着一口地抽烟，一句话也没有。

我正要说，你傻了呀？人事科的女科长来了，她对我们说，正好，你们俩都在，就一起去吧！我说，去哪？她说，会议室，上头来人考察你们的同学家旺，点名找你们谈话。我装佯，考察家旺，找我们谈话？她是个妒忌心很强、对谁都想踩一脚的女人，我不能让她怀疑我们在一起是因为家旺。她说，对，考察家旺，走吧，等着你们呢！

说着，她前面带路。小文像个犯人一样，站起来跟着她走，我也只好跟着走。走着我想，上面来的人点名找我们俩谈话，看来很重视我们的意见，这也是最后一次给我们不给他画圈的机会。进了会议室，那两个上头来的人对我们说，对李家旺，你们比谁都了解他，我们这是选干部，希望你们本着对党负责的态度有啥说啥，你们的意见很重要。

在上头来的人说这些官话时，我的心里蹦达蹦达地跳。我偷偷地看小文，小文听得严肃认真。你们俩谁先说呢？他们说。我又望小文，是希望小文放头炮，在他办公室我说的那些话，就是给他装的药引子，我相信会有效果的。因为不管什么场合，只要说到家旺，他都很激烈，说家旺这人人品有问题，我们过去都没看清这点，错把他当成了好朋友。

小文咳了一下，果然先说：两位是为我们的党来选干部的，家旺这人确实是块当干部的料，在学校他就是学生会干部，从大一干到了大四。这中间很多学生会干部，都因为这原因那原因中途开溜，唯有他一直干到了底。到工厂后，按他的专业应该在生产一线上发展好些，他却去了一个近百人、全是家属工的饮料厂，现在看来，他是在有意识地锻炼自己的领导水平、管理能力……

小文的发言完后，两位上头来的人对我说，你的意见呢？我已被小文气晕了，我有意见又有什么用？我们两个，小文那样说，我就是反过来说，撑死了也是个持平。他们回去向领导汇报时一定会说，两个人一个说好，一个说坏，等于没说。我只好笑笑，说，就算小文的意见是我的意见吧。

他们送我们出门，还是小文在前我在后。走到没人的地方，我很生气地对小文说，你真是叫我不好理解！小文苦苦地一笑说，应该好理解，你我厌恶的人，既然不能让他下地狱，就让他去天堂好了，不在跟前晃悠，对你我来说，比什么都好。

# 秘　密

老毛中风后，又患了一种怪病——见人就哭。

哭，发生在老毛的身上，就不能不说是一种怪病了。这人，心特别的硬，几十年来，没谁见他流过一滴泪。那年，我的胆上长东西，疑为癌症，他来看我，我哭了，我以为他会像其他朋友们那样，陪着我流几滴眼泪，或是安慰我几句。不料，他板着脸把桌子一拍说，哭个卵子，了不起就是个死，人生在世谁能不死，不过是早死晚死！俺们在人的眼里多牛的人，就是死，也给老子笑着去见阎王。

我到十堰出差，看望他，租住他房子的人告诉我，老毛得病后，上楼下楼不方便，他老婆弄他到娘家住去了。他老婆的娘家在郊区，是一栋三层楼的私房。他们刚结婚时就住在那，我们这些他的朋友常去那里吃喝。老毛坐在一楼的沙发上看电视，一见我，嘴巴就咧开了，接踵而来的是哭声，随后，眼泪往嘴里流，随后，泪水与嘴里的涎水汇合成长长的一条，直奔衣领而去。他老婆就赶紧拿毛巾帮他擦，哄小孩一样地说，不哭不哭，大立来看你，好好的，哭什么……

老毛变成这个样，可以说是我做梦也没有想到的，甚至让我怀疑，坐在我面前的，五月天还戴着一顶毛线帽、脸上毫无血色的病人，就是那个人面前嘻笑怒骂、玩世不恭的毛老山。我眉头一皱，想都没想就说，哭个卵子，了不起就是个死，人生在世谁能不死，不过是早死晚死！俺们在人的眼里多牛的人，你他妈的就是死，也给老子笑着去见阎王……这是那年他说我的那席话。

还真起作用，他一愣，哭声戛然而止。他的老婆也一愣，随即顺着我的话说，是呀，就是这个理！并想起了什么似的，赶紧给我倒一杯茶。

这茶，有奖赏的味道，我捧在手里，很有成就感，同时我想，我是否还能为他们做点什么？想着，我喝口茶对毛老山说，要不要我陪你出去走走，要病好，贵在多活动。并给他讲谁谁谁比他还严重，因活动多，都恢复得很好……

他说，好。说着就要站起来，我见他颤颤巍巍，正要帮他一把，他老婆把他按回去说，不忙不忙，先穿衣穿鞋。拿起一件皮外套，把他的胳臂往里塞。刚塞进一半，他的嘴又咧开了，涎水立马从嘴里往外流，没等泪水流过来汇合，就直奔衣领而去。我学他老婆，赶紧用毛巾给他接住。并威胁小孩子似的说，你要再这样，我就不带你出去玩了。他说，好，不哭。

我扶着他，慢慢腾腾地往外面走，我想试试他的记忆能力，指着一口水塘说，还记得吗，我们在这里钓过鱼，有一次钓了一只五斤重的鳖，拉不起来，还是你下水把它捉上来的。他说，记得。刚说，嘴又开始咧。我说，你刚才还说不哭。说着，帮他擦掉那些从口里流出来的东西。走到一棵上了岁数的银杏树下，我说，当年我们上树摘果子的经过你也应该还记得？他说，记得。我说，把那些过程说给我听听。我这次是为了检验他说话的能力。他又咧嘴。我说，你再哭，我带你回去了。他说，不哭，我也不愿意哭……

一句我也不愿意哭，让我对老毛得了怪病按了确认键，到了嘴边的既然不愿意哭，还哭啥的话也就咽回了肚里。送他回到家，安置他在沙发上坐下后，我把他老婆叫到一边说，看来老毛这哭的病确实是有些怪……我还没说完，她老婆说，医生也这么说，把屎尿拉床上是大小便失禁，他是情绪失禁，属于疑难症个例……说着一"嗨"，摇摇头噙着泪水说，尽管他对我很过分，但我还是会好好待他，让他尽快好起来的。

作为老毛的朋友，我也无奈地一"嗨"。老毛有花心的毛病，背着老婆和几个女人好，病前还在与老婆闹离婚。我又一"嗨"说，朋友们都在说难为你了，老毛现在这个样，你不嫌弃他，不记恨他的过去，还耐心地侍候他……她的泪流下来，说，这些都不说了，现在的关键是找出这个疑难病症的根源，对症下药。我说，是的，回省城后我也找有关专家咨询一下。

还没来得及去找专家，朋友们又来电话，叫我说说老毛，他又跟他老婆闹起了离婚。我说，他那个球样闹什么离婚？他们说，他好了你不知道？他这次离婚不是因那些花花事，是他的老婆待他太狠了，他不能穿衣，他老婆要他自己穿，他摔地上了，他老婆要他自己爬起来，他爬不起来，他老婆还用脚蹬他，还骂他……这些都是发生在大庭广众下，很多人都看到过。

我于心里一叹说，也许真是久病床前无孝子！

又到十堰，我先找了老毛的老婆，因为我不相信朋友们的说法。让我大吃一惊的是，他老婆对朋友们说的那些全认账。更让我大吃一惊的是她随后的话：你还记得我们说过的找病根的话吗？谁对他好一点都哭，我想，是不是因为他过去对人都太狠、太刻薄了，我对他狠一点反而对他有好处？以毒攻毒，一个中医的话也给了我启示。别说，这招还真灵！

我激动地说，我就说……她打断我的话说，这可是我们俩的秘密，可不能让老毛和他那帮朋友知道。只要对他的病有好处，他爱咋的咋的去吧……

# 范举人外传

范进的疯病好后，以举人的风貌出现在小城的街上。人们对他恭敬有加——打招呼的口气认真了，频率增加了。范举人的胸脯挺了，腰直了，表现，也不像过去那样低调了。

这一日，范举人回家吃饭，岳父正在杀猪，妻子也在忙着，猪太大，父女俩有点招架不住，见他，妻子喊，快来帮忙！他看一眼满身猪屎的岳父，瞄瞄满脸溅有猪血的妻子，左手一捂鼻子，右手一摇，用从海归同学那里学来的英语单词说，喽，喽！见妻子不懂，改用中国读书人常说的话说，有失斯文，有失斯文！说着，扭头就往外走。

身后，是妻子的骂声：废人，斯文能当饭吃！

范举人过去对妻子低眉顺眼，就因为吃饭这两个字。范举人正是因为没人供他吃饭，才成为屠夫家倒插门女婿的。今天，范举人是举人了，且能再受那种退避三舍之气，走着，嘴里还念念有词：今昔非往昔，今非昔比……

范举人又到了街上，又看到了店铺老板们对他的点头哈腰，还看到了美女们对他抛媚眼。他就很自然地想起了“风花雪月”。前些天，他的海归同学们请他，在那里浪漫过。那里聚集着全城最好看的女人，女人们风情万种，一个比一个赛天仙。还有那些女人们的歌喉，也是人世间最美妙的。范举人觉得，那里才是他应该去的。

可是范举人也就去了那次。去那里是要大把大把花银子的。范举人虽然是举人了，病了那一下，却使他错过了任职的机会，没个一官半职，也就没有银子。

每次想起“风花雪月”，总要想到在包间里为他服务过的三个女子。

那个包间加上那三个女子，用人间天堂来形容一点也不为过。当同学们把她们介词给他时，他的第一感觉是，这世上竟有如此尤物。同学们把他介词给她们，她们一起往他的身上贴，让他有如被众星捧着的月。离开时，那个叫春花的对他说，范举人别走嘛！那个叫夏荷的说，范举人你可要常来呀！还有那个叫秋月的说得更具体，她等着他的光临，她弹琵琶吹箫给他听，那眼神真如秋波荡漾，分明的还有别的内容……

没有钱，有有钱的同学，他们一定是又在那里浪漫，他们看到了他，肯定会请他进去。于是，他的步子又朝那个地方迈进。于是他又出现在了“风花雪月”的门口，并徘徊于门口。

夜，悄无声息地降临了。“风花雪月”却像早上八九点钟的太阳，连空气里都充满了粉脂的香味。范举人虽然没有看到他的同学们，没有被他的同学们请到里面去，但他还是觉得来得值，这香味就使他觉得是享受。他背靠一棵大树站下，一时，他觉得这香味是来自春花的身上，又觉得是夏荷秋月身上的……他如痴如醉。

范举人还真被这种香味弄得醉了，如所有醉汉一样两腿发软，摇摇晃晃地顺着树杆往下滑，坐到了地上。眼睛一闭，就看到了那三个女子，先是春花来到了他的面前，小女子仍然是那样娇滴滴，拉着他的手说，范举人别走嘛！随后是夏荷和秋月，尤其是那个秋月，不光给他弹了琵琶吹了箫，还和他一起表演起他这些时日来只能想象的那个内容，表演时，范举人的骨头阵阵发酥……

正在他感觉到无比美妙时，一阵风吹来，秋风，夜里略带寒意的秋风。一个寒颤，几个寒颤，最后还打起了喷嚏。原来他不知是什么时候睡着了。秋风弄跑的虽然是他的一个梦，还似乎在好意地提醒他，小心着凉。但他还是皱起了眉头。皱着眉头东张西望，上望下望。他是在捕捉风儿，要找风儿算账。风儿一会儿弄得树叶沙沙作响，一会儿把月光弄得斑斑驳驳，一会儿还招来云彩，把天上的月亮弄得时有时无……

突然的，范举人慢慢地笑了，望着天上的月亮。那月亮正从云彩里露出来，羞羞答答的。秋夜的月！秋月！羞羞答答的……秋月！于是他觉得月亮更美了，那个以秋月冠名的姑娘也更加美起来……啊，多么的美妙哟！

吹过去的风又拐了回来，带给范举人另外的香味——美味佳肴的味。这味当然是来自美食街。随着香味的愈演愈烈，范举人的肚子里咕嘟一响，食欲感接踵而来，排山倒海。于是他记起自己还是中午吃过一碗饭，回家为的是吃饭……他真想去那条美食街饱餐一顿，无奈囊中羞涩，只好望洋兴叹，站起来，往家的方向走去。

家门虚掩着，昏暗的光从门缝里挤出来。他轻轻地推开门，妻子——那个屠夫的女儿在饭桌前正襟危坐，桌子上有饭有菜。她等候我吃饭？正想过去狼吞虎咽，女人瞪他一眼说，缺德的，你跑了，差点把老娘累死了！又指指满地的猪毛猪屎说，要么你当饭吃了，要么你弄出后老娘给你饭吃！他皱眉，女人河东狮吼：不然，跪一个时辰的搓衣板……

他手无缚鸡之力，打又打不过她，况且，饥肠辘辘，眼前首要的是解决肚子问题，他只好默默地拿起竖在一旁的锹。干着活他于心里骂：等老子有朝一日当上官了，再跟你这个恶婆娘算账！

# 镐头大侠

汶川大地震后，我到了川西，乘机寻找我的战友梁小平。我们是生死之交的战友，几年的部队生活结束后，我复员回了湖北，他回了那个叫做北川的地方。

满目废墟，到处是寻找亲人的人们。老人们在怒斥苍天：你这个不长眼的，把我的孙子弄到什么地方去了？他才三岁不到呀！风尘仆仆的夫妇们哭天号地：你还我爹娘，还我儿女，早知今日，我们不该出去打工的……还有一些不谙世事的孩童在叫喊：爸爸，妈妈……

我的战友梁小平，你在哪里？我也泪流满面。突然，我的眼睛一亮，我看到了眼熟的镐头。背着镐头的，是一位和我年龄相仿的男人。在部队梁小平也总把镐头斜背背上。心切，我冲着他的背影喊：小平，梁小平……喊着，追到他的身后再喊：梁小平！

他站住了，回过头说，您是叫我吗？我审视，想说，您是梁小平？因为我也不能确认他是不是梁小平？我们分别了三十多年，那时，我们还只二十来岁。他看了我一会，说，您是外来的，寻亲？我说，对不起，我是看到您背上的镐头，把您当成我的战友了。他的眼睛亮了一下说，您找战友？您熟悉这镐头？我激愣一下，说，何止是熟悉……我还没有说完，他抓住我的手说，这么说，您是他的战友了？您刚才喊梁什么来着？我说梁小平！他说，我同学也姓梁，但叫梁狗娃，就不知他是不是还有个小平的大名。我说，这把镐头是您同学的？送了您？他点点头，点得重重的：还是在我结婚时，他送我的结婚礼物。

说着，他的泪哗哗地流下来：如此贵重的礼物，我竟当废品扔在屋角几十年。最不能容忍的是，我当初还和人一起取笑我的这位同学，说他穷，送不起礼空手来就是了。要不是这次地震，我被埋在了废墟下，和这把镐头埋在了一起，凭着它死里逃生，我还不会认识它的贵重性……

我也泪流满面，因这种镐头泪流满面。三十多年前，我们被塌方困在了隧道里，我们全班的战友都认为没有生还的希望了，互相留遗言、并发誓，我们中只要有一个人活着出去，这个人就是我们全体父母的儿子，负责为所有的父母养老送终。在我们都昏迷过去的时候，是梁小平用他手中的镐头挖开了塌方。复员时，梁小平要把他的镐头当吉祥物带走，连里请示营里营里请示团里，最后批准我们都可以带走自己的镐头，我们把镐头用红绸布斜背在背上，送我们上火车的首长们含着泪说，多么威武的镐头大侠。

我迫不及待，打断他的话说，您那送您镐头的同学现在哪里？我想我基本找到我的战友了，即使他的同学不是我的战友梁小平，也是其他的战友。不料他蹲到地上两手捂脸哇哇地哭起来，哭着说：我从废墟里逃出来的第一桩事，就是找我的同学梁狗娃，可是我那同学梁小狗，没有我的好运气，他在废墟里用手刨废墟，几个指甲盖都刨掉了，还是死在了里面……我也哇哇地哭起来，他死了，他死了……

我哭，他停止了哭，站起来劝慰我说，也许您要找的梁小平根本不是我那同学梁狗娃，眼下仍然好好地活着，和我一样背着镐头在救人，我就见过背着镐头救人的，我这样把镐头背在背上还是跟他们学的。说着，他深深地一叹说，怎么说您也比我幸运，您还有希望找到您的战友，可我的同学却千真万确地走了，留在我心里的除了愧疚还是愧疚。

我看他一眼，征询地说：您愧疚……他摇摇头苦笑一下说：不怕您笑话，我还是个老师，最简单的礼物也是最珍贵的这个理，是我这个老师经常对学生们讲到的，偏偏这个常挂在嘴边的理，我这个当老师的却把它忽视了，这也是我最不能容忍我的另一个方面。我闹心啊，有时候真想找个地缝钻进去！您说，像我这种人除了背着我同学的这把镐头不停地救人，还能有什么赎罪的好方法……

最简单的礼物？我想说，您那个当过兵的同学送您的礼物可不是您想象的那样简单，他送您的可是吉祥物，背这把镐头的人公认的吉祥物……远远的，有人喊着稿头大侠朝他跑过来，说指挥部又有十万火急的事。他握握我的手说，对不起，我要走了，不过您放心，我一定把您来找战友的事多宣传，帮您找到战友。我只好也把他的手握握：等您凯旋归来。还想说，到那时再把镐头的故事讲给您。他松开我的手，一会儿就走得没影了。

我没有等到他回来就随团离开了那个余震不断的地方，我没有找到我的战友梁小平，也没能把镐头的故事讲给那位镐头大侠，我遗憾了好长时间。随着时间的流逝，我又觉得这样也好。镐头大侠是把那个简单珍贵当做定式在给他的学生们讲，我何必给他节外生枝——简单并非简单。

这把镐头是我的同学送我的结婚礼物，是所有礼物中最简单的一样，那些珍贵的在这场地震中都被毁掉了，这件简单的却帮我死里逃生……我常常感觉他在课堂上举着这把镐头在对他的学生们讲。

# 新西兰排箫

昨晚那三个孩子！

应该说，三个年轻人，二十来岁的年轻人。我们能一眼就认出他们，是他们在昨天傍晚给我们留下了很深的印象，让我们感慨了好一阵子。

昨天的傍晚，夕阳非常好。新西兰的夕阳在排箫的吹奏中，给人梦幻之感。我们踏着箫声的节拍，沿着湖边慢慢地走着。见广场的草坪上有很多人往一块聚，我们也就走过去。于是，我们看到了三个孩子。他们中的女孩子很漂亮，盘腿坐在绿草地上，两个男孩子一左一右，作着起跑势。乍见，我们以为是一组城市雕塑。直到女孩子的嘴里一阵唧里咕噜，两个男孩子飞一样地跑起来，我们才知道他们是三个真人。

两个男孩子一高一矮，一白一黑。黑是那种古铜色的黑。黑孩子个高腿长，开跑就占了优势，把白孩子甩在了后面。他们的目的地是两个茶缸，他们来到两个茶缸前喝完里面的水，把茶缸放回原处围着茶缸转圈。转圈就不是高个子的优势了，才几圈，黑孩子就醉汉般地趔趄起来，最后一屁股坐在了草地上。女孩子咯咯地笑起来。白孩子在女孩子的笑声中，以胜利者的姿态不紧不慢地来到她的身边。

我们的感慨是：人只有生活在无忧无虑里，玩起来才会如此尽兴……

没错，还真是那三个孩子！他们在离我们十来米远的地方停下来，说一些我们听不懂的话，还小声地笑。说笑了一会儿后，由白孩子给女孩子和黑孩子拍照。女孩子落落大方，黑孩子却显得有些拘束。白孩子就对着屏幕不停地说，意思大概是叫他的拍摄对象们靠得近些、自然些……在他不停的鼓励下，黑孩子终于伸出手搂住了女孩子的腰，女孩子把头靠在了他的胸上，白孩子发出来“喔”的叫声，与此同时相机的快门也响了。

随后是女孩子给两个男孩子拍合影照，白孩子走到黑孩子身边，脚一踮，个子也就一下子长高到了黑孩子的耳根。他的这一踮引来了女孩子“哇”的一声喝彩，哇得黑孩子有些丈二和尚摸不着头脑，东张西望。在他望向他身边的同伴时，脸上更现惊讶之色——矮他一个头的白孩子怎么突然长高了这么多？当他把白孩子从头看到脚，明白了是怎么回事后，腿一弯让自己的身子往下矮，矮得干脆和白孩子一般高。女孩子的喝彩声便又起，快门也“咔嚓”一声响了。

女孩子举着手里的相机，兴高采烈地奔向两个男孩子，把相机交给他们，让他们看她拍的照，意思大概是说她抓到了好镜头。两个男孩子听话地把头凑到相机前，边看边对她直竖大拇指，竖着，白孩子拥抱了她，黑孩子也象征性地和她拥抱了一下，随后他们又旁若无人地小着声音又说又笑。

就在这时候，机场里的广播响了，他们显得有些扫兴地停止了说笑，迈开不情不愿的步子往安检口走去。走到安检口，黑孩子与白孩子、女孩子握手，握手时不停地说拜拜。很快的，安检口不见了黑孩子，剩下来白孩子与女孩子。白孩子就一揽女孩子的腰，朝大门外走去。白孩子走得干脆，女孩子却一步三回头地望向那个离她越来越远的安捡口……

夜里的一场雨，让新西兰这个南太平洋岛国的天变得更加湛蓝，地变得更加茵绿。我们正在猜测着这三个孩子的关系，按着我们的思维方式想像着他们的游戏，我们又看到了女孩子。在明亮的玻璃窗外，她孤身一人地站在广袤的绿草地上，望着天空，扬起的手不停地摇。她的前方，是一架刚刚起飞，在阳光里银白耀眼的飞机。

怎么就女孩子一个人，那个白孩子呢……我们正小声地议论着，耳畔又想起那仿佛来自梵界的排箫声。我们的十天新西兰之旅，这种乐声时不时地在我们耳边响起。这种始自中国商代的排箫，吹奏宫庭里优越中的忧郁，后传到欧洲，随英国人移民新西兰，成为这里的特色音乐。许是这种乐器天生就是为表达优越中的忧郁的，许是它响在人类最后的这片净土上的缘故，无论它演奏的是什么，总脱不了给人那么一丝淡淡的忧伤……

飞机于乐声里消逝在天空，女孩子举着的手在乐声里放下，嘴唇一阵嗫嚅，仿佛在说着什么……没有等到回应，她一怔，一阵东张西望，当她最后面朝玻璃里的我们时，我们从她漂亮的脸蛋上看到了失望、忧郁……

不知是谁吹奏着的排箫声，却并没有因为她的失望、忧郁停下来，而是一如既往，像一部电视剧里的背景音乐一样，按着它的韵律，更加的抑扬顿挫……

从新西兰回来许久了，这种排箫的声音，仍在我耳边萦绕不断。

# 楼下的荷塘月色

入夜，皓月当空，静谧的荷塘、银白色的月光。荷塘边，是一栋两层或者三层的小洋楼……依题，似乎应该这样写。可是，我这里说的，是一件发生在闹市小区里的事，闹市里是没有荷塘的。

《荷塘月色》是一首歌，四位年近古稀的老婆婆在我们楼下总唱的一首歌。她们一年四季都在小区的公园里唱这首歌。太阳让她们感到有些热时，她们在树荫下唱。天让她们觉得冷时，她们在有太阳光的地方唱。下雨天，在凉亭里唱。我上班经过，下班路过，都能看到她们在唱、听到她们在唱。

一场大雨冲坏了路，去不了单位，领导同意我们在家里上班。我喜欢写点小文章，难得有这样的好机会，早餐一用过，就坐到电脑前开始写。我正为一篇小稿写得得意时，她们的歌声又在楼下响起来了：

剪一段时光缓缓流淌，
流进了月色中微微荡漾，
弹一首小荷淡淡的香，
美丽的琴音就落在我身旁……

经过路过看到她们唱，听到她们唱，也就是说从来没有认真听过，也没有听进去过。今天，我不认真也得认真了，一首优美的歌曲，在她们参差不齐的嗓音下，变成了一种噪音。这种噪音强烈地影响了我的写作。我决定去跟她们说说，要么声音小点，要么离我的门栋远点，最好到西边那个凉亭去。

早上的雨已经慢慢停了，但还是有雨滴稀稀拉拉地落着。她们没在我想象中的东头凉亭里，而是就站在我楼下的花坛边，怪不得声音如此刺耳的。她们四个人两个一边对站着，每个人扯着歌单的一只角，头挨着头，眼睛很近地盯在歌单上唱：

萤火虫点亮夜的星光，

谁为我添一件梦的衣裳，

推开那扇心窗远远地望，

谁采下那一朵昨日的忧伤……

我正要向她们走过去，她们眼里的泪，让我迈向她们的步子停下了。唱着歌流泪，我想到歌词里的忧伤二字，难道是像那里面说的，是为昨日的忧伤？她们昨日的忧伤……我要与她们说说的意图就退到了很次要的位置。我不能因为我加深他人的忧伤，这是我一惯的处事原则之一。

我不想让她们看出来，我是因为她们从楼上匆匆下来的，又是因为她们的眼泪走开的。我装作散步，往西头走去。我住在东头，经常在夜幕降临时散步到西头的凉亭，在那里的凳子上坐下来抽一根烟，或带杯茶在那里慢慢地品。作家无闲事，我的许多文章都是在那里或抽烟或喝茶慢慢品出来的。

可是到了西头的凉亭边，我又不得不放轻了脚步，那里已经被老白头占据了。我为老白头放轻脚步的原因有二：一是老白头如痴如呆地坐在那里，望着那四位太婆，正泪流满面，我不想让他看到我，让他认为我看到了他的泪；二是出于职业的习惯，想从眼前的情景里窥视点什么出来。

这是因为，老白头是我们玫瑰西苑小区的风流人物。关于他的风流事在他老伴在世时还只是一些捕风捉影。老伴去世一段时间后就达到了鼎盛期。他老伴去世时他五十六岁，那时候的他，还有些风流倜傥，加上在单位里还是个高级经济师，就成了一些寡居女人眼中的“绩优股”。他也看中过一些女人，刚接触，有关他与那个女人的故事就出版了，还不止一个版本。不论女方如何好，他的女儿就是不同意，原因是她的母亲去世时父亲没有流过泪，中年丧妻怎么能不流泪呢？女儿就一口咬定，他不为她的母亲流泪就是因为眼前的女人。

一晃，他就年逾古稀，外孙都上大学了。他望着四位太婆流泪，难道……我的窥视心理刚刚想作祟，我又给自己叫了打住，我觉得我这样下去，会超越我做人的道德底线。我决定离开这个被是非困扰的老人。我正轻手轻脚地渐行渐远，一个脚步声却越来越响地冲我来了，拐角处，我还差点跟她撞了个满怀。

是个四十来岁的女人，她“噔噔噔”几步就接近了凉亭，随后传来她河东狮吼般的斥责声：不好好在家待着，跑来这里卖傻！家里的电话没人接，我就知道你准在这里，你外孙在学校里要喝你做的排骨藕汤，还不赶快去买，我可是告诉了你，他晚饭要喝不到汤跟你扯皮可怪不着我。

原来是他的女儿。只见老白头如触了电般地站起来，一个转身背对着他的女儿就走。他用背对他的女儿，显然是不想让女儿看到面部。西头门外就是菜市场，他直奔那里。他的女儿就站在了他坐过的地方，朝他对着泪流满面的方向张望，一会儿，她的眉头就慢慢皱紧了……

好在，那四位太婆离这边的亭子远了些。好在，她们的注意力都集中在歌单上。好在，她们的心里只有她们自己的歌声，她们唱的是：

我像只鱼儿在你的荷塘，
只为和你守候那皎白月光，
游过了四季荷花依然香，
等你宛在水中央，
等你宛在水中央……

# 到罗场开发旅游

老苇要找儿时的玩伴乐星。老苇来罗场这个地方搞旅游开发，很大程度是为能经常见到乐星这些儿时的玩伴。

这是老苇年内第二次来找乐星了。第一次来，是到这里考察，他是在湖里看到采莲蓬的乐星的。乐星离他百十米远，站在用两个木盆扎成的船上，他看到他时，他的木盆里已经有半盆子莲蓬了。

对于乐星，虽然近二十年没见着了，情况他还是了解的，乐星的儿子孙子们都在城里打工，过日子就他和老伴。采莲蓬准是为钱，老苇远远地问，莲蓬现在卖几多钱一个？乐星说，没卖过。老苇说，不卖，你采这么多干啥？乐星说，忘啦，小时候晚上看电影看戏，哪次不是先准备好多。

小时候……老苇高兴地说，那时候我们可是光着屁股下水摘，每次都是让荷杆上的刺把身上划出许多的血口子。乐星说，有回，蚂蟥把我俩的鸡鸡咬住了还记得吗？老苇说，那次是县里的花鼓剧团要来演大戏，我们想多摘几个莲蓬，在水里的时间待得长了，让蚂蟥钻了空子……

你不会说，你采莲蓬，还是为了晚上看戏吧？老苇像想起了什么似的问。乐星说，对头，晚上演皮影戏，清水田唱皮影戏的杨双林还记得吗，就是他唱，晚上来吧。我把团圆、火字他们几个都叫上，我们还是一边看戏，一边吃莲蓬……

老苇说，好主意，一言为定。可是他晚上没有来，宴席散了，下半夜了，他也醉得不醒人事了。等他醒来，已在省城了。

今天，他是来给乐星报喜的。罗场有白水湖，月池台，月池台周围还有几条小河，罗场街本是古驿道，座落在狮子古河的堤上，狮子古河上还有肖家桥。古驿道可走马车，狮子古河和白水湖里可划龙船，小河里可行游艇，小河和月池台的沿岸全是参天大树，树林里可修供游人散步的小径。这几个月他忙的就是这个，这里是武汉的近郊，走高速也就四十五分钟的路程，很让投资方看好，开工在即。

建成后，他就可以常住这里，和儿时的伙伴们一起欢度晚年了，他要告诉他的伙伴们，他还给他们造就了很大的实惠……老苇正走着想着，没想到刚上西堤就见着了乐星，乐星在西堤河里车水，用那个他极眼熟的水车在车。时不时有鱼于水里蹦跳，鱼一蹦，乐星的脸上就跟着一笑。这笑也是他极熟悉的，小时候他们一年要把西堤河里的水车干好几次捉鱼，水里有鱼跳跃，就心花怒放，脸上的笑容就是怒放出来的心花。

他说，还是那辆水车？他说，怎么可能呢，起码是第五辆了。他说，五代了，这么说你这些年还是每年都在这里干河捉鱼？他说，好玩，习惯了，就一直这么过来了。他说，鱼，吃，还是卖？他说，小的吃，大的卖。他说，我们小时候可是连小的都卖的，卖几个钱在口袋里都没揣热，就上贺家湾玩牌输给狗日的汉城了。他说，现在还是那样，不过不是我去找他，是他看我卖了鱼有钱了，就来找我，我现在也经常赢他……

哈哈……哈哈……两个人笑得都很开心。笑罢他说，今天的鱼我要了，你不用提到彭市街上去卖了，我让他们按最好的价给你钱，在最好的价上我再让他们给你翻一番，我让他们加工了，晚上我们一起吃鱼喝酒，把团圆、火字他们都叫上。在罗场开发旅游的事你大概也听说了，你知道我为什么要操这个心，费这个劲吗？很大程度是为了老了能和你们玩在一起，让你和兄弟们也跟着一起享几天福……

老苇说着想，乐星一定会很高兴。可是乐星的表情一点儿高兴味也没有，还淡淡地说，我这鱼不能卖给你，你给我好价我不能接受，我的好价应该是我跟鱼行的人争来的，凭我鱼的成色争来的，一会儿，我的鱼起来后，我要把它们装进网兜沉到塘底，明天早晨再起起来去卖，我喜欢听它们出水那会儿，把水闹得“轰”的一声响，喜欢看它们活蹦乱跳，喜欢鱼行的那些人说我的鱼好，心甘情愿地用最好的价买下我的鱼……

嗨！老苇一声叹说，真是江山易改，秉性难移，老了，也该要学会享受了，哪能总是停留在小时候……乐星一笑说，看怎么理解了，我吃着莲蓬看皮影戏，你能说那不是享受？我用自己捉的鱼换钱，用那钱买我需要的东西，还打个小牌输输赢赢的，能说我不是享受？也许我的这种日子在一些人的眼里是凄凉、甚至是受苦，可我却正是乐在其中，有乐的东西你能说不是享受？

老苇一阵张口结舌。

# 寻找感觉的男女

她和他，赤着脚，裤管卷在膝盖处，鞋子拎在手上，朝着海水的方向迈进。有海水的地方，海浪吻着沙滩。白白的、长长的一道沙滩，在海天一色的湛蓝上，像一条飘忽不定的白飘带。风一阵一阵的，吹在他们带有几分兴奋的脸上、头发上。她捋一下被风吹散了挡在眼前的发丝，甜甜地一笑，看一眼身边的他说，那年，我们来到这里，也是这么个好天气。

他笑，不语，她知道他的笑是在赞同她，还知道，她的话让他想起了什么，那些想起的，一定是使他的心里有种甜。她于是继续说，那天我们也是这样把鞋拎在手上，迎着海风、赤着脚走在沙滩上，我还记得那天的风比今天的大，大得吹掉了我的睫毛，有一根睫毛扎在了我的眼球上，顿时让我泪流满面，还是你帮我吹出来的。

他仍然笑着，扭过头，笑里带些年轻人的顽皮，不是吧，是吸，我记得是我用嘴帮你吸出来的，我可是记得很清楚，我把那根睫毛吸出来后。还给你看过，我还记得，我对那根睫毛说，你这个坏蛋，让你捣蛋！说时，有一阵风过来，我迎风用拇指一弹，你却扑上来抢，说是你身上的东西，然后扑到了我的怀里，我就不光第一次吻了你，还抱了你……

啊，你这个坏蛋，我还以为那是你的绝招，祖传绝招，想不到……她两腮飞红，用手在他的胸脯捶打，像她在老年鼓乐队姿势优美地打她的腰鼓。他捉住她的手说，谁叫你那之前不让我吻你，不让我抱你？我还告诉你一个在我的心里藏了几十年的秘密，我是有意逗你扑到我的怀里的……

她于是靠到他的胸脯上，感慨万千地说，嗨，一晃，三十年过去了！

有海鸟从他们的头上掠过，留下来阵阵嘎嘎声，他们抬起头，相拥着看鸟儿成双成对，成群结队地向海岸飞去。突然，她惊呼起来，看，那是什么？他摘下眼镜，盯着前方说，人？她也说，还是两个人，会不会是被海浪从什么地方打过来的？他也想说点啥，两个人站了起来，是两个年轻人。他们不约而同地“啊”一声。两个年轻人仿佛听到了他们的惊叫，向他们挥手致意，然后牵起手和浪嘻闹着，踏着那道起伏感很强的白飘带朝东飞跑……

她直说，找到感觉了，找到感觉了！他又是笑，还是很甜的笑。她的本来很旺盛的兴奋，有如碰到了拉拉队的叫好，拉起他，像与远处的那对年轻人比赛似的跑起来，边跑边说，我怎么就忘了，那次我们来到这里，也是这样在海潮里戏浪，我怎么就把他们的戏浪看成是被海浪冲来的，难道我们真的是老了……

没跑几步，他就成了她的累赘，她也气喘吁吁地变跑为走。他上气不接下气地接过他的话说，可不是老了是啥？那次我们可是一口气跑到浪里去的，这才跑了几步，我们就跑不动了。她一犟，孩子气十足地说，谁说老了，我才不服老呢！服老我就不到这里来了！一会儿我也要像当初那样，躺到海浪里，在海浪退去时像那对年轻人一样突然站起来，吓人一跳。

说着，她又跑起来，并且拉着他。

海水就离他们越来越近了。

他们把鞋和包放到一个发白的沙包上，这是海浪够不着的地方。衣服也脱在了这个地方。他穿着裤衩，她穿着事先就穿在身上的泳装，她把手伸向他，他牵起她的手，朝着海水跑去。一会儿，他们的脚就在海水里了，她说，凉！他的一个凉字还没有跟上来，一个海浪就朝他们打过来，她“啊”的一声往后直退，他被她拉了个趔趄。

他说，别怕，你这么怕还怎么泡进海水里？泡到海水里就不凉了。他还给她打气说，我还清楚地记得，那次你也是这样，后来眼睛一闭，一个猛子扎到水里，也就不说凉了……说着，趁她不备，猛地一拉她，迎着一个浪头扑过去，海水顿时淹到了他们的脐下。

她却没有像三十年前那样，顺势扎进浪里。他也没有。而是两个人像约好了似的，一起以最快的速度回到了岸上。她打了个冷战，双手护住肩头说，凉。他的双手也不由自主地往肩头抱去。她说，这海水好像比过去凉得多。他说，可不是！说着，笑一下说，按理，你不应该说凉，你这一身肉可是比三十年前多多了，三个游泳圈……她也揶揄他说，还取笑我呢，瞧你那将军肚……

消逝于天边的那对男女，又于天边出现，朝他们这边跑过来，她显得有些慌张地朝堆衣服的地方走去，同时对他说，把衣服穿上。穿衣服时，那对年轻的男女离他们越来越近，她又对他说，赶紧穿利索了走吧，看来这种地方不是你我这种年龄的人来的了，年轻时的感觉就是寻找到了，也是年轻时候的……

走了很远，她又回过头，在他们刚才站过的地方，那对年轻人站在那里，仿佛还在说着什么，她也站下来，对他说，他们说些什么呢？他说，是呀，他们说些什么呢？

# 白律师

在我们罗场小镇，大家都反感白律师。尽管他是律师了，背地里，人们却一如既往地叫他扯白党、有把夜壶。夜壶是夜里盛尿的器皿，那东西嘴大，嘴唇往外翻。白律师的嘴也大，嘴唇也是往外翻。人们送他这种绰号，主要是说他嘴里出来的话，不知哪句是真哪句是假，没有好话。

按说，最反感他的人不应该是我。他当他的律师，我养我的鱼，正像书上所说的风马牛不相及。可是我就是反感他。滑稽的是，今天，我却要去找他，还有求于他。我要把我的鱼卖个好价钱，火字却不给我好价钱。火字是个鱼贩子，靠贩我的鱼赚钱。他订了我一千斤鱼，草鱼，每斤只给我三元钱。有人来电话愿出四元钱一斤。我对火字说三元三角一斤吧，他不干，还跟我急，说两元七角一斤问我干不干？说鱼是他订的，谁不怕死就来跟他抢。他是跟我耍横，我也还他以颜色，你是不是吃错药了，鱼可是我的。他说，你要这么说，我们就公堂见！

白律师事务所的牌子，挂在他家大门边的墙上，墙上刷的是白石灰，那块牌子也是白的，字是黑的。牌子下，摆着一张桌子，两把凳子，一把是他坐的，一把是他的客户坐的。有客户来，他就和人把声音压得很小地说话。没有生意，他就和堂屋里打麻将的人有一句没一句地说话。他的堂屋里不论什么时候，都有一桌麻将，还围着几个人看麻将的人，很热闹。但是他在工作时间里从来不打麻将，也不围着凑那个热闹。

今天，他好像是在等我似的，我在东门的街上一出现，他就面朝我这边站了起来，我刚能看清他脸上的表情，就看到他的脸上朝我露出了笑容。我刚走到他的面前，他就把事先拿在手里的一支烟伸到了我的面前。还用袖子擦了擦那把供客户坐的椅子叫我坐。我刚坐下他笑容可掬地对我说，贵人不踏贱地，今天是什么风把你吹到我这里来了？

我坐下，抽一口他给我点着的烟说，你没见我从东面来。他说，紫气东来。我看看他屋里那些人，他坐下来把头朝我面前凑凑说，没事，我们说话声音小点，他们听不着。我说完火字，他对我说，价值多少钱？我知道他的意思，把事先准备好的三百元钱交给他。

他不收我的钱，说乡里乡亲的，收钱多不好意思！我知道他是假心假意，执意把钱给了他。走时对他说，一千斤鱼都捞起来了，鲜货可是放不得，三元钱一斤，也是几千块钱。我这么说是补充我上面没有说到的。他塞钱进包里，很高兴地说，这事包在我的身上，天黑后你来我这里喝酒。

尽管他给了我把握，回到家，我还是觉得应该跟那个愿出四元钱一斤买我鱼的人联系一下，有备无患。我从话机里找出他的号码，打通了没人接，终于有人接了，他问我找谁？我刚说，他说他是公用电话，我的脑子里“嗡”的一响，在家里怎么也待不住了，就又往白律师的事务所走去。

远远地，我就看到了他和火字，火字坐在我上午坐的那把椅子上，和他头对头地在说话。我只好躲到一个他们看不到我，我却能看到他们的地方看他们说话。他们的话真长，两颗头好不容易分开了，可火字根本没有走的意思，和白律师及屋里的人夸起白话来，一直夸到天黑。那些打麻将的鱼贯般地从白律师家里走出来，白律师和火字走进去，我也就迫不及待地现身，朝他的事务所走去。

真是快，都有几个菜在桌上冒热气了，他也和火字就坐了。见我进屋，他站起来说，来来，正等你呢！说着就开酒，给我和火字各倒上一杯，先端起来说，干了这杯。他先干，我和火字也干。他说，干了就好，今天我们只喝酒，不谈其他的。其他的喝完酒后你们自己谈。

一瓶酒倒来倒去，碰来碰去，很快就干了，到走，我们也没有谈过其他的。直到出了门，白律师才象征性地说了一句，鱼搁不得，和用户订的约毁不得，你们还是去抓紧吧，乡里乡亲的，也不要为了几角钱的小事伤了和气……

我们都点头如鸡啄米，我回家装筐，过秤，火字装车。装完车，火字给钱我点钱，见是原价，我对火字说，也算我让价了。火字一愣说，也算你加价了，一千斤鱼，加上给冇把夜壶的三百，正好三千三。我也想这样给他算账，想想，没说，摇摇头，凄苦地笑笑。

我回老家，表弟给我讲完这个故事，问我说，那个给我电话的人会不会是冇把夜壶设的套，让我和火字都去他那里交银子？

# 梦喊

团元老哥从来没有梦到过父亲。近些时来，不但梦到了，还真真切切听到了父亲的声音。父亲在他的梦里不停地喊：我要回家！我要回家……直把团元老哥从梦中喊醒。

团元老哥恨父亲胜过恨祖父。祖父只是好心办坏事地让他继承了个地主成分，父亲却完完全全是有意让他背上土匪儿子的包袱。这个包袱压在团元老哥背脊上整整三十五年，压得他差点连个媳妇都找不到，断了这个书香门弟的烟火。

父亲像个孩子似的每夜都在他的梦里喊，没法，他只好按父亲说的溯江而上，找到父亲在梦里所说的地方。这是个平原与山的交接处，无数的推土机正忙着把土从高处推到低处。土里，有一半是白花花的骨头。

父亲在这些骨头里？其中的某几根是父亲？团元老哥顿时毛骨悚然。

尽管团元老哥面对这些骨头棒子茫然不知所措，但还是往蛇皮袋子里装进了许多，离开时无可奈何地留下了一句话：我只能做到这一步了。然后背起来往回走，回到他的白水湖老家，找了个合适的地方把骨头棒子埋下。

果然的，他的梦里再没有出现父亲的喊声。一天没有，两天没有，一个月都没有。蹊跷，他禁不住与木匠作坊铺的祥伯说。祥伯是与父亲拜过把子的兄弟，也是父亲他们拜把兄弟中唯一仅存的。祥伯能活到今天，据说是父亲他们的有意安排——他们如有个三长两短，有个人照顾他们的家小。祥伯照顾他，他也就把祥伯当父亲那样依靠。

祥伯听了，说，这么说，你找到你的父亲了！我的那些兄弟们终于有了音信了……说着，老泪纵横，仰起那颗全是白发的头颅望着蓝天白云直喊，苍天有眼！包括祥伯在内，谁都不知道当初的那帮年轻人后来去了哪里？有的说，他们去当了土匪，后来都被打死了；有的说他们不像是当土匪的样，兴许还在，说不定到了国外……

人们这么说，都是一种推断。依据他们当时在小镇的街心烧香磕头拜把子的一种推断。拜把子的场景带些血腥——杀了一只鸡，血滴在酒碗里，喝血酒。喝完碗里的酒后，像一群梁山好汉一样，把碗摔在街心的青石板上。梁山好汉，你能说他是土匪吗？

要怪，他们不该神秘失踪。解放后，只能按他们喝血酒定性——不三不四的道会门。就这个性质，祥伯就被折腾得脱掉了几层皮。先是三反五反，祥伯这个余孽上台挨了斗；文化大革命，又被当成地富反坏右没完没了地游街。他的后人也被殃及，尽管他们像团元老哥一样很优秀，但社会都不容纳他们。

祥伯到了他兄弟的墓地，往上堆了些土，找块有草的地方坐下来抽烟、自言自语地说话——你们干吗去了那个地方也不捎个信回来，死了也不知道弄点动静回来，你们走了一走百了，可是害苦了我们。你们要泉下有知，就在梦里告诉我们一声是怎么客死他乡的……

说着说着祥伯又老泪纵横，弄得团元老哥也跟着泪流满面。

随后，他们就等那个梦中的声音再次响起，又是一天，两天，一个月，那个声音仍然没有响起。祥伯就踢踢腿扩扩胸对团元老哥说，你再陪我去一趟那个地方吧，看能不能在那里找到你爹他们是怎样到的那里，又是怎样死在那里的。你一定要陪我走一趟，对我对你对你们的后人们都是一个交代。

真是神速，才两个月不见，那些推土机不见了，一道高高的围墙把整块的地方都圈住了，人进不去了。他们只好望着墙，望着墙上的两块牌子发愣。两块牌子一块是当地公安机关宣布为重点保护区域的牌子，一块是单位名“中日合资绿色食品加工厂”。

他们不想就此打道回府，就于墙的外围转圈。转着转着，终于找到了与他们此行有关的内容。山坡坡上，一群老人正在把成堆的骸骨往一个个白色的匣子里装，并告诉他们，装的是整个一个师包括师长在内的全体将士们的侠骨。当初在这里发生过一场十分惨烈的战斗，正是这些将士们，用自己的血肉筑起了一道钢铁长城，挡住了日本军队的西进……

老人们说，战争的惨烈震惊中外，也是有史可查的，日本鬼子是想从这里进川占领全中国的……不待老人们再说，祥伯又老泪纵横起来，突然拉过团元老哥一起跪下，像对那堆白骨又像是对那些老人一连三拜说，我明白了，怪不得你爹不再闹着回家了。

# 情人节的玫瑰花

情人节这天，李小月桌子上的玫瑰花，多得林子一心里很不舒服，张小荷桌子上一朵花没有，又叫他很有点于心不忍。他到楼下办事，心血来潮地给了花店五十元钱，对那个女孩子说，请把花送给903室的张小荷。

办完事回来，张小荷桌子上就有花了。张小荷病休没来上班，几个女员工正在给张小荷打电话报喜，说有人给她送花了，还是当着李小月的面。李小月是张小荷的同学，两个人在学校里就不对付，今天张小荷请病假，据说就与李小月有关，前者的男朋友被后者捅黄了。

林子一瞟一眼不高兴的李小月，走进里间的科长室。李小月是个进攻性很强的女孩子。一会儿就听到了李小月高跟鞋远去的声音。他正为那声音忐忑不安时，李小月的话在外间响起了：告诉你们一个号外新闻，刚才送花来的那女孩子说，要她送花的叔叔高高的帅帅的，我们这座楼上的男士，能配这高高帅帅四个字的，谁呀？

这楼上单位多，男士多，说不准。有人说。赵小欣说，高高的帅帅的你不会是指我们科头吧？李小月“嘿嘿”一笑说，这可是出自你的口。赵小欣一愣，又给张小荷打电话：小荷呀，李小月到花店问了，给你送花的是本楼一个高高的帅帅的，还说也有可能是我们林头……

林子一手下的几个女部下，都看不惯李小月。赵小欣最看不惯李小月，总吵，这一来又吵开了。李小月说，赵小欣，你什么意思？赵小欣说，我给张小荷打电话，关你什么事？你是不是以为处长表扬了你上进心强，就觉得我们都应该比你次，你就可以随便质问人。李小月说，赵小欣，你必须得给我说清楚，我上进心强难道错了？表扬我，处长难道也错了……赵小欣打断李小月的话说，上也不能踩在别人的肩膀上……李小月也打断赵小欣的话，我踩谁了，你必须得给我说清！赵小欣说，你刚才那话就是踩科头，告诉你，你就是把科头拱下去了当了科长，我赵小欣照样拿你当对头！

林子一正不知道如何办好时，张小荷出现了。张小荷说，我去了花店，那女孩子告诉了我真相，是你们几位大姐姐为逗我开心，今年这个节，我早通知了所有的朋友，不许他们给我送花……说着，她把桌子上的茶杯推得哗啦啦一阵响，冲李小月说，李小月你等着，我今天非找处长跟你闹个明白不可！

林子一刚松口气，处长的声音响起了，先开张小荷的玩笑说，嘴巴噘得能挂糖罐了。又说李小月，脸上没有笑容就像在哭鼻子。处长喜欢年轻漂亮的女孩子，爱跟这两个新来的大学生女部下开玩笑。她们没像过去那样甜甜地笑、挤眉弄眼地笑。处长的声音就变得有些扫兴了，你们找我有什么事？

张小荷把话说完，抹眼泪。

李小月辩护，也抹眼泪，还说赵小欣打击她要求进步。

处长冲赵小欣说，你这说什么都不在乎的脾气什么时候才能改一改？赵小欣辩，处长扬起手制止她说，都是你们科长不好，外间都要翻天了，我在对面的办公室都听到了，他在里间装聋子！林子一你给我出来，这年头给女孩子们送个花也不是什么了不起的事。要送就都送，你小子赶快再给我到楼下跑一趟，买五把花来，送给在坐的女同胞每人一把，算我们两个当领导的合伙。

处长的话，是林子一想都没有想到的，但他还是说，处长，我冤枉！处长把手一扬说，就算我这个当处长的冤枉你了，你还是赶快给我去买花吧。记住，挑五把花大一点的，新鲜点的，好看点的，一定要是红颜色的玫瑰，别外里外行的买错了。

林子一正要走，处长话锋一转，变得很严肃地说，这事到此为止，往后谁也不许再提。说完毅然地转身而去。林子一和他身边的六个女人，一下子全呆了。处长今天怎么啦？处长过去处理事情丁是丁卯是卯原则性可是很强的……

突然，李小月尖叫一声说，处长，你和稀泥！

处长猛刹住步，头慢慢地扭过来，一脸铁青地看着李小月说，你是说我不讲原则？这可是我在领导岗位上头一回听人这么说我。看来李小月同志上班时间去找卖花的小女孩生事是原则了？我站在了李小月同志的立场上就是原则了……你是不是还想说你不想干了，干不干，你自己定，像你这个样子，在什么地方也不会好的！

谁都不说话了，连呼吸的声音都能清晰可辩。

# 城市广场的灯

在我们城市广场的上空，有一颗由弯弯的上弦月顶着的心灯。

四十岁生日的这天傍晚，我来到了这座标致性建筑的下面。华灯初上，大概是深秋、又刮着西北风的缘故吧，虽然灯的辉煌不无温馨地照耀着广场，但人的稀少，使那种严冬才有的清冷过早地降临了这里。

我来这里，是等一个人，一个我生命中十分重要的人。我里面穿了足够暖和的衣服，外面又加了大衣，头上还戴顶帽子。我准备等他到明天，也就是钟楼的钟，敲响我生日这天的最后十二响。

九响都响过好半天了，他还会来吗?

嗨！随着这个声音，我的心一缩，欣喜地转过身。我看到的却是一个满脸呆愣的男孩子，男孩子一脸抱歉地对我说，对不起阿姨，吓着您了，我把您当成她了。我一笑算是接受他的道歉。他随即问我，阿姨，您在这里多久了？您看到有个女孩子来过这里吗？个子和您差不多，也是喜欢穿大衣戴帽子……

我一笑摇摇头，算是对他的回答。

他马上说，完了，看来我与她真的是没戏了。说完东张西望。大概是见我没有离开的意思，他说，阿姨您在这里也是等人？我不置可否地笑笑说，你们约好了在这里见面？不想我的随便一问，让他滔滔不绝：她已是三次约我在这里会面，前两次都让我空等了，这次她约好的时间又没来……

等时间，他说话的欲望又很强，我于是说，你说的她，是你的女朋友?

何止是女朋友，我们在一起都住两年了。我们一个村的，高中还是同学，还是我出来有了落脚点，给她找好工作后她才出来的。今年春上，就是在这里，她说到了城市就该在城市，决定辞掉我帮她在郊区工厂找的工作来广场附近找事做。见我犹豫，她说，我知道你犹豫啥？那时候，广播里正响着《月亮代表我的心》，她说，我要做了对不起你的事，让月老惩罚我……

我说，你认定她做了对不起你的事？

他说，她今天晚上再不来，可以说肯定了。她开始是隔三岔五地不回家，后来干脆不回家了。打她的电话，呼叫转移。到她打工的餐馆找她，说她早走了。问她去了哪里，人们怪笑。发短信给她，她不回。她主动约我在这里见面，又失约。你说她这是不是做了坏事，怕受到月老的惩罚？

我笑。是不想再听他说下去了。我恶心这种女人，痛恨这种女人。我说，她既然已成了那样的货色，你还恋着她干啥？他一吸溜发出来响声说，您见多识广，能不能给我参谋一下，她会不会是被什么坏人控制了？即使不是这种最坏的结果，您说她是不是也很矛盾？要不然，三次约会的短信都是她主动发的……

这个男孩子仍然爱着他的女友，爱情这种东西不好说，也许这就是爱情。我只好跟他说另一套话。我想起设计这座心灯的初衷，指指灯说，你知道它的真正意义吗？你大概只知道它叫心灯、爱情灯，月亮代表我的心。它还叫指引那些在爱途上迷了路的男女们回家的灯。你要还爱她，认为她处在矛盾中，那就在家耐心地等她回吧，爱情在某种意上就是一种等待，一种耐心……

他说，谢谢您，阿姨！您这一说，我心里亮堂多了，这座灯在我的心里也变得伟大了，等我找到了她一定把她带到这里来把您的话再跟她说一遍。您是说她有可能已回家了，我应该回家去耐心地等她……阿姨您真伟大，懂得真多，阿姨您是心理学家……

望着他离去的背影，我几次想告诉他，我就是这座灯的始作俑者之一，还有一位是我的丈夫。我的丈夫也和她的女朋友一样，半年前为了一个迷人的女孩子让我找不到他。今天，我就是在这里等他回来。因为我的心里总响着他把我揽在怀里说的那席话：我们真心相爱，才不会呢，即便是偶尔迷了路，有这盏灯呢……在这之前，我跟他开了个玩笑说，我们的作品既叫心灯、爱情灯、月亮代表我的心，还是指引你在爱情的迷途上回家的灯……

那是我们的私房话，我怎么说给了那个素不相识的男孩子，几天后还不传得谁都知道了……突然我想，他这时候没有来，是不是也回家了？我摸出关了的手机，多想在开机的瞬间收到一条这样的短信：祝你生日快乐，我已在家等你！

钟楼那边，传来了十二声钟响。

# 魂魄

人有魂魄，我是不信的。可这回，信也得信，不信也得信。我不光看到我的魂魄了，还与之打了一番交道。

星期六的早晨，我从娱乐城回家，推开书房门，见电脑桌前背对我坐着一个人，我以为我一夜没睡糊里糊涂地走进了别人的家，说，对不起，看我……对方说，你没走错，这里就是你的家。那，你是谁，怎么在我的家里？他说，我是你呀！这里是你的家，也是我的家。我一阵毛骨悚然，可不是，他虽然用背对着我，我也看出了他就是我，还有那声音也完全是我的……我不由自主地往后直退，他对我说，我有什么好怕的，你有什么好怕的，这个世界上哪有自己怕自己的？

他这一说，我还真站下了。我问他，你到底是谁？想干什么？我想，是谁伪装成我，恶作剧？他说，我是你呀，我真的是你。有人说人是灵与肉组成的，也有人说是由此时彼时组成的。我是彼时的你，你没有看到，我坐在电脑前，完全是过去那副苦行僧样……说着他转过身来，果然是我。这下我是真被吓着了，我的感受是，面对我自己，竟比面对青面獠牙的魔怪，还叫我心惊胆战。

我不得不跑了。我不得不说我连跑也不会了。先是我猛的一个转身整个人撞在了门上。我开门的手也颤颤巍巍，本该开门锁开关，却在保险上瞎捣鼓，半天也没有把门打开。他却趁机说，嗨，我真不知道你跑个啥子劲！我真不知道你凭啥吓成这个样？我真不懂，我就这么可怕？你不懂我，总懂你自己吧，你有那么可怕吗？你是你想的那么可怕吗？我来找你，不过是想和你在一起待一会，想让你自己和自己在一起待一会……嗨，难怪得有人说，有的人你想让他自己和自己在一起待一会，简直是一种酷刑……

后面的话我没有听到，因为我，终于逃出来了。我连滚带爬地下到楼下，到了楼下我还一阵疯跑，跑到有人的地方才停下来。我喘气不止，心里直叫太可怕了，太可怕了！我想对人说，又不敢说，我怕听众不信，说我是个疯子，远远地躲开我。谁会和一个自己能看到自己魂魄的人在一起呢！我想起我的牌友，就给他们打电话，那些兄弟们满身都是杀气，和他们待在一起，我就不怕了。

我的手气出奇的好。一天一夜下来，饭钱场地费都是我付。我们的规矩是，谁赢了钱谁付这些费。付完了，我还赢了八千元。他们说，不能让我再玩了，因为我要啥牌上啥牌，单钓将还能海底自摸。他们不让我玩还不让我在边上看，我看谁的牌谁的牌就好。他们让服务员小姐给我找房睡。我明白他们的意思。我把小姐带回家，我要试试，看那个占据我书房的家伙还能奈何得了我？

他果然不在了，难道我那天是一种幻觉？我打发走小姐，蒙头大睡。我不知道睡了多长时间，刚想醒来时，耳边响起一个声音：你终于醒了，你这一觉睡的时间可是长了，你的电话一个劲儿地响都没把你吵醒。我一个激灵坐起来，我又看到了他，问，你到底是谁？你干吗要这样阴魂不散？他笑笑说，我不是告诉过你，我就是你，你问我干吗阴魂不散我也告诉过你，只不过是想和你在一起待一会儿。

见我狐疑，他说，你心里狐疑是吧？怀疑我不是你，是人化装了恶作剧？能说出你心里事总该相信我是你了吧？要不要我还说几件？这里虽然是书房，可你在心里却给它取名梦境，有一天晚上你还在心里说过，这里是你做作家梦诗人梦、梦想成真的所在……我还可以说出你是什么时候从这个梦境里走出去的……那天你摔了个跟头捡了一笔钱，喝酒、唱歌、泡小姐，酒、歌、小姐给了你梦，你就进入了另一个梦里……自从你进入另一个梦境后就不在这个屋子里待了，也待不住了，因为，你觉得任何一个地方都比待在这个屋子里好玩……

这次，我没有躲，也没有逃。几天的牌，半夜的妞，已叫我浑浑噩噩，浑浑噩噩得让我怀疑我是不是还活着在。我这种感觉与他的出现有关，既然这个世界上有魂魄，许多关于魂魄的说法也就是真的了。有一种说法是，魂魄的出现标志着这个人离死不远了。离死不远了我还有必要躲、有必要逃吗？我干脆对他说，你的出现是不是要告诉我，我离死不远了？他说，你看你说的，刚待一会儿，你就说这话，不是赶我走吗？好吧，我走！你不赶我走我也得走了，这回是我不愿意和你在一起了。

我不让他走，我说，你还没有回答我，我规定我，死前必须做完几件事，如果我真要死了，我得抓紧去做。他说，觉得那几件事离你越来越远啦……你死不死，你说了不算，你说了算……咱们不说这些好吗？咱们抓紧来做个游戏，你来坐到我这里，我去站到你那里。

我们换了位，他问我，跟我待在一起有意思吗？我说，没意思……他说，没意思我还待在这里干啥？我一眨眼，眼前没有了他的影子。

# 父亲这个木匠

父亲是个木匠，在我们罗场那个地方还是很有名气的木匠。木匠分大木，小木，大木造房，小木打家具，父亲做小木，也就是打家具的木匠。

打家具，功夫在孔和榫上，孔不能大，不能小，不能歪，不能斜，榫也是那四不。这四不是父亲的绝活，出名的基础。检验的标准的是罗场那一带的四方桌，四方桌最见木匠的手艺。罗场小镇上有几家木匠铺，唯有从父亲的祥记作坊铺出去的桌子，不论你用多少年，总是像在一块整木里抠出来的一样结结实实。

罗场那一带每年过年都玩狮子，玩狮子搭台用的桌子非祥记作坊铺出来的不用。因为，那是一种高风险的游戏，十张桌子一层一层往上垒，垒成一条直线，足有几层楼高。扮狮子的人要爬到上面去，在最上面的那张桌子上，完成一系列高难度的动作。桌子稍有闪失，就会带来不可想象的后果。

所以每年的玩狮子，都是给父亲的祥记木匠铺作广告。

父亲的祥记木匠铺生意就好，芝麻开花的好。父亲生意的好，又是建立在别人的不好上的。这一点，父亲并没有认识到。父亲只知道生意好，自己的心情也就好。心情好了，就喜欢哼歌，哼着歌干活。父亲哼着歌凿出的孔比以前更漂亮，四四方方，一点毛刺都不带，下出的榫也一样。

祥木匠扬斧子是哼着歌的，下锯子也是哼着歌的，祥木匠说，他哼着歌凿出的孔就是漂亮，下的榫也漂亮。祥木匠说他要不哼歌就凿不出漂亮孔，下不出漂亮榫……经人这么一传，父亲也觉得是这么回事儿，父亲还觉得，那凿孔的声音和锯榫的声音，在他的心里也像那歌儿一样让他滋润。

就在父亲的感觉无比良好的时候，罗场小镇来了一位化缘的和尚。父亲生意好，心情好，有出家人来化缘，给的是别人家的两倍。可是和尚却不收，还说，别人家给他再少他也不嫌少，父亲给的再多他也不能收，他是受一位高人的指点，来要一句话的。这句话是——你是如何扬起的斧头？如何对准凿子的？那个你听起来和歌声一样好听的凿孔声、锯榫声，是如何发出来的？

如何扬起的斧子？如何对准凿子的？凿孔声、下榫声、歌声……父亲有些发懵了。父亲再看和尚，和尚也正看他，看他的眼神充满了诡异，父亲就不由得一阵冷战，和尚却一阵疯笑，在他的面前做扬斧子的动作，锯锯的动作……等父亲回过神来，和尚已没了踪影。

从此后，父亲的脸上被阴霾笼罩，心里，更像梗进了一样什么东西，歌声远离他而去，精神也慢慢地变得有些恍惚起来。和尚的话晦涩，而且是为一位高人带话……父亲再扬斧子时，眼睛紧跟着斧子，仿佛真想在那扬起的瞬间找出答案，斧子对准凿子柄砸下去时，眼睛也是紧跟不舍……

终于，父亲的心里惊骇不已，父亲觉得自己找出答案了。父亲每凿一个孔都是扬三下斧子，头两下轻轻地扬起，轻轻地敲打在凿子柄上，让凿口找准位置吃进木头里，最后那下是甩起，在肩和头的地方划个弧后重重地落在凿子柄上。凿子柄握在另一只手上，与虎口是持平的，如果落下的斧子偏一点斜一点就会砸在手背上，如果落下来的是斧子的另一边……父亲的额头冷汗淋漓。

父亲打击凿子柄的工具不再用斧子。他先是改用钉锤，钉锤轻，不随手，改用重点的锤子，又改用更重的，更重的锤子是父亲特地在铁匠铺打来的，没想到头一次用就砸在了手上。父亲的手肿了青了……父亲不能凿孔了，只好让徒弟上，父亲的徒弟以前都是只干些粗活的。

先是活出不来，用户来吵来闹，那些桌子柜子都是人家娶媳妇嫁女儿用的，都是有黄道吉日的。父亲就求他的同行。罗场街有十多家木匠铺，父亲一家一家地求，东家做一个柜子，西家做一个桌子，才没让人砸了父亲的铺子。

后来，父亲的牌子让他自己砸了。由于父亲的手，许多主顾不来找父亲了，父亲一急，在手还没有好利索的情况下披挂上马。心有余悸，父亲还是凿不好孔。父亲把罪过归咎于不随手的锤子，又使起了斧子。没想到这是父亲最后一次使斧子，在一个阴雨天的傍晚，父亲一斧子下去，他握凿子柄的手从他的巴掌处被分成了两半……

父亲的手，顿时成了罗场小镇人们街头巷尾谈论的焦点。谈父亲，固然离不开谈那个和尚及和尚对父亲讲的那些话，那些话在小镇里形成个阴深深的气场。八岁的我时不时地毛骨悚然，瑟瑟发抖，随后就是脸色苍白口吐白沫，祥记木匠铺犯这犯那的说法风起云涌。我的父亲就关掉了他的木匠作坊铺，卖掉了房子，举家搬回了他的老家。

几年后，父亲偶然碰到了和尚。那是个江湖术士，父亲问他为什么装成和尚害他？术士说，我虽然拿人钱财替人消灾，可我没有害过你，也没有想到过要害你，要说害，多是自己害自己。父亲一下子大彻大悟，不但不找和尚的麻烦了，还就地跪下，给术士磕了三个响头。

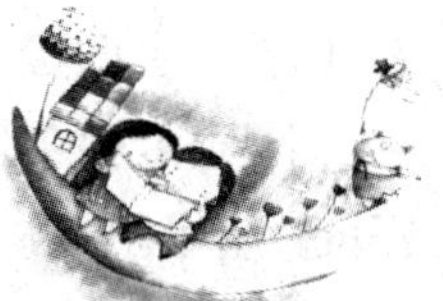

# 亮　板

亮板的开始，是针对惧内的。惧内的老婆知道他喜欢玩牌，不让他玩，又管不住他，只好每次在他出门时对他的口袋进行清洗。被老婆清洗过的惧内的口袋，基本是个清水衙门。他火好，空手套白狼。火不好，几把就被我们掏空了让我们扫兴。所以我们立了亮板的规矩，上桌前，每个人把所带的钱（板）亮在桌子上，互相清点。

最近，我背火，背得我都没了斗志，对麻将这种东西都有点深恶痛绝了。钓七对，半天钓不着，一换牌，被换的牌就来了。好不容易经营得听了胡，一出牌就给人点炮……搞得我口袋里都不敢多装钱了。装个八百，八百是个吉利数，八百元也是个极限数，牌打的不大，八百元输光了想捞回来也很难了，就自认倒霉地走人。

这一天，我的手刚触到钱就感觉有点不对劲，钱放到桌子上，才发现是两摞，除了那八百还有单位前两天发的六百，八百加六百，一千四，一千四在牌场也叫么四。么四要死！我正犯这个忌，数我钱的乌鸦嘴张开嘴一阵哈哈大笑说，看来不全兄今天这场牌又是死定了。不全是我的牌名，他们说我牌场心态不稳故取此名。我回他一句说，你他妈才死定了！心里，却被一阵无形的阴影笼罩。

菩萨拿过我的钱数数，数完说，不全兄振作起来，今天一定要给点颜色他看看。菩萨因菩萨心肠得此名，因总喜欢到庙里烧香磕头得此名，还因说出的话总带些寺庙味得此名。他说完又加了一句，三十年河东三十年河西，风水轮流转，怎么说今天也该转到不全兄了。

我们中，就乌鸦嘴做生意，总显他最有钱，牌桌上最玩世不恭。他总玩惧内，惧内没钱想玩找他借钱，他就叫惧内让他打一下作为借钱的利息，惧内就把脸伸给他打。他有时候轻打有时候重打，打疼了，惧内不干，他就不借钱他。我这一背火，他那不积德的嘴就拿我当乐子。

牌起上来了，乌鸦嘴还在说，不全兄数过没有，风水都轮了几圈了，有一回你老人家雄起过吗？哼哼！我在心里一声冷哼不理他。我不理他是我顾不上理他，我抓了一手好牌，清一色听在了三六九条上。我的心跳加速，有唾沫直叫我往肚里咽。我想这几乎是天胡，怎么说也该自摸了。可是摸了五圈，还是摸不来。乌鸦嘴把牌一扣，说，再打就不客气了。

他也停牌了？我的感觉是——仍然背。经验是，牌一好大家都好。他坐在我的上手，扣牌后摸了个六条就打。我立即推牌，也回敬他一句，胡的就是你。他却哈哈一阵大笑。点了炮还笑，我正丈二和尚。他却翻开自己的牌给大伙看，说他的牌一塌糊涂，说我咽唾沫的声音让他听见了，估计我是捉了条大鱼想自摸，一吓，果然把我的自摸给毁了。

这一场牌，无疑又是我输。输到要光时，我站起来要走。乌鸦嘴说，怎么样，说你输你就输，不输也输。说你么四是要死，不死也死。菩萨又与乌鸦嘴作对说，真是张乌鸦嘴！敢说我吗？我这几次带的都是一千四，还都赢了。乌鸦嘴仰头大笑说，迷信两个字四个人只跟你沾边，你带一千四……菩萨说，看好了，这个兜里是八百，亮过的，这个兜里还有六百。说着从右边兜里掏出来六百。

乌鸦嘴说，那你也是要死。不信往下玩，死的就是你。菩萨说，我今天一定废了你这张乌鸦嘴！又对我说，不全兄，接着往下玩！你今天的牌向还是蛮不错的，只是输了几场，手有点寒，加上有人捣蛋，方寸有点没把握好。说着把六百元钱甩给我说，把你的钱收起来，用这六百元玩，这钱是在庙里开过光的，我保你赢，赢的是你的，输了，算我的。

我当然不要他的钱，他当然也不会把说出的话收回去。惧内折中说，到哪里去找这样的好事，再走就是傻子了。这样吧，算借，把本扳回本后还菩萨兄。我理解，我一走三缺一他们玩不成了。对于惧内，他还没有过足瘾，他的瘾，是他的老婆逼出来的。物极必反，一段时间我们曾用这几个字替代过惧内。对菩萨，除了与乌鸦嘴赌钱，还赌着另一种东西。

我只好随了他们。我的牌向确实是比前几场好多了，乌鸦嘴再故伎重演，菩萨便一边给我壮胆，别被他吓住了，当他不存在，该摸的往下摸，不玩自摸是赢不了钱的。我就摸，摸到后也气乌鸦嘴，怎么样，你打的这个二条我就没要，我就知道这个牌摸起来就是二条。

这场牌我大获全胜，乌鸦嘴大败。我不光扳回了本，还赢了乌鸦嘴的一千多元，头一次把他的兜掏了个底朝天。他很不高兴地找我这个赢家要了十元钱的出租车费。我把钱给他时也说，把脸伸过来让我打一下。我当然不会跟他一样缺德，像他打惧内那样打他。

他负气而去。惧内问菩萨，你的钱真的是在庙里开过光的？菩萨不说是也不说不是。惧内说，下回我也找你借。菩萨不置可否。惧内走后，我问菩萨，你这几次真的都是带的一千四？他说，你不信？说完又肯定地说，不错，这几次我带的都是一千四。很多人都只知道么四要死，可忘了置之死地而后生的道理。玩牌玩的是心态，我也是最近才尝到甜头的。

# 回家的灯

电厂的工作性质，三班倒。

新房装修时，我在门口装了一盏灯。当时还是女友的婧说，在外面装灯干吗？我说，你下夜班回来，一出厂门看到这盏灯，就如看到了家，看到了家里的我，上楼梯不用摸黑，也不会害怕了……不待我说完，婧的笑就有了陶醉感，眼神儿还有点混浊地瞥我一眼说，这么说，这盏灯叫爱之灯了！

爱之灯！我说，这个名字取得好。真没想到，后来我们会为这盏灯扯皮。

婧临产前，不上夜班了。我下夜班，出厂门看到家门口的灯亮着，那浪费叫我很心疼，回到家我就对她说，男人下夜班，是不需要灯的，宝宝马上要出世了，用钱的地方多，还是多考虑点节约……

她说，知道了。

可是刚好了两天，第三天的夜里，那灯又亮了。

我又说她，她说，想到这盏灯叫爱之灯，爱是双方的，楼道里黑灯瞎火，怕你摔着了或被什么东西碰着了，就开了。还有一个原因是，让你一出厂门看到这盏灯，就想到家里的我，和我肚子里的宝宝……

我说，我谢谢了还不行！好像我什么时候没想到你们似的。

她用沉默回应我。灯果然不再亮了。

不久，小梅和我上一个班了。

小梅是我的徒弟，我以前总是尽量让她上白班的。我是班长，我说了算。跟我上一个班，是她的请求。她说，你家里厂里太辛苦，让徒弟为师傅尽点微薄之力吧！她帮我打饭，帮我洗碗，工作上我想不到的，她帮我想到。每次下夜班后把她送回单身楼，也是我对她尽的微薄之力。

几次后，送她回单身楼，成了我上夜班的一个盼想，觉得这个盼想才是我整个夜班的主要内容。因为在送她的路上，她跟我小声说的那些话，让我的心里舒坦极了，还有她走在我的身边，时不时飘过来的那股女孩子身上特有的香味，让我根本就没有一点上过夜班的疲乏。

却就在这时候，我家门前的灯又亮了。

灯的亮，把我的情绪弄得很糟，很倒味口。我那几次好感觉的获得，都是在头顶只有星星月亮的静谧里。在那静谧里的路上，只有我和小梅。亮灯如红灯，我是不能领着小梅擅闯的。否则，我和她就会一起暴露在我家门口那盏灯的光照下。我们只好改走那条人多的道。走人多的道，就没有过去那种感觉了。

情绪不好，回家再一次和她谈起门口的灯时，口气就显得很不耐烦了。没想到她比我更甚，我话没说完，她就与我怒目相视，还让眼里盈满了泪说，你要看着不顺眼嫌碍眼，回来关了不就得了……还哭了，说，我挺个大肚子喘气都困难，出门倒个垃圾什么的也要个亮……

分娩前的女人！我只好于心里认了，不再惹她。好在女儿很快就出世了，婧住院，回娘家坐月子，灯终于不再亮了。我和小梅又可以走我家门前这条人少的路了。也就一个星期，灯又亮了，婧回家了。

有了女儿，她情绪好了，我决定再说她。我想，我这时候说你，你还能找出什么理由？我用了些技巧说，现在不挺个大肚子了，灯是不是可以不亮了？主妇啊，哪怕是多节约几个铜板，也可以为你们娘俩多买点营养品。

非也非也……她笑嘻嘻地说，现在更该是彰显这盏灯的时候，你一出厂门看到家门口的灯，就像看到了家和你的女儿。说着，她亲下怀里的女儿说，是吗小冤家？你闹夜不睡，不就是在盼着你爹回家……

我只好摇头、叹气。她望我一眼，不情不愿地把声音拉长了说，好，听你的。

我决定对小梅有所行动。因为我觉得，我和小梅的发展已瓜熟蒂落。趁着没人，趁着她不备，在说再见的时候，我把她拉进了怀里，对她一阵狂吻。她却猛地推开了我，哭着对我说，你叫我怎么面对婧姐！说完，头也不回地走进黑暗中的楼道。

我茫然不知所措，我都不知道我是怎样回到我家楼下的。

是头顶上的灯猛然一亮告诉我，你已经到家了！我猛地一个激灵，汗都出来了。难道她知道了我和小梅的事？过去的开灯就是为了知道我和小梅的事？几天的关灯就是为了今天的开灯？在我迷途的时候猛地开灯警告我，让我警醒自己的污浊……

我的周围出现了很多眼睛，各种不同的婧的眼睛。我该如何面对她？我在楼下站了好半天，才贼一样地上楼。脚步轻得不能再轻，开门的动作也是一样。还好，婧的神态并没有给我难堪，她没事儿一样地把两根细嫩的手指压在嘴唇上“嘘”了下说，小东西真是个冤家，好不容易被我弄得睡着了，洗澡水我给你放好了……

我躺在温度适中的浴缸里，一股暖流在我的心里十分强烈，它是在我臆想中的那盏灯的光照下渐次强烈的。在那温馨的灯光下是我的家，为了这个家像演员一样演着戏的婧，及睡在隔壁房间里见了我就笑，被婧称为小冤家的小宝宝……

# 在索河的两次爱恋

是明领我到索河的。明是我的第一任女友。她领我来到这个叫做索河的地方，我赞不绝口，说，真没有想到在这个郊县的一隅，竟有这么好个地方！说完我问明，你是怎么找到这个地方的？你一个女孩子，一定是有人带你来的吧？

明说，是又怎么样？

我说，男孩子？男人？

明说，是又怎么样？

我说，什么时候的事？

明说，反正不是在认识你之后。

我还想说，你们来这里都干了些什么？但没有问出来。她的不是在认识你之后，是在说，以前的事你没权过问。

明说，你心里一定想说，一个女孩儿一个男孩子到这里都干了些什么？

我说，干了些什么与我有啥关系，你不是说了吗，是在认识我之前。

明说，你心里的那几颗小数点瞒得了谁？你的脸色已经告诉了我。既然你想知道，就告诉你吧，这里的房间虽然便宜，还有钟点房，可我跟他没到那步。

我说，没到那步到了哪步？

明说，你啥意思？

我说，话赶话，说着玩玩。

明一哼说，你以为我不知道你啥意思，人家是一心一意跟你好，不想对你隐瞒什么，你倒好，行起了疑神疑鬼的勾当！

我说，我疑神疑鬼了？怎么疑神疑鬼了？

小样！明撅起了嘴巴。

对不起！我嘴里说着，心里却想，她真的没和前男友在这里开过房？没开过房怎么知道房间便宜？就算她没和前男友开过房，也接近那一步去问过房价了，问的目的还不是想要开房。都要开房了，别的事她和男友都干过了？

明真的是一心一意跟我好，知道我喜欢索河，每个星期天都和我一起来。我也是太喜欢这个地方了，周围十里开外都是山，淡蓝色的山，让这里的一切都呈淡蓝色，一条河随心所欲地弯曲……还有个有关索河的故事——河把两个情人隔开，人们用绳索为情侣们连起了一座桥，索河因此得名。

行走在河堤上，明主动地牵我手，主动地与我接吻，我要抚摸她，还主动地为我解开胸罩扣……可是很快的，我就对她索然无味了，她牵我的手使我想到她牵别的男人的手，她吻我使我想到她吻别的男人，她让我抚摸她，我摸着摸着就在她的皮肤上摸到了别的男人的指印。最后我只好痛苦万分地提出来与她分手。

我仍然不停地来索河。一天，我正在想，这么好的地方，帝王之相都有，怎的就没有受到帝王将相才子佳人们的垂青……一个女孩子在我的背后说，今天怎么是一个人？我回头，是农家乐的服务员。她笑嘻嘻地说，没关系，到过我们索河的情侣即便是分开了，还是会走到一起的，就是走不到一起，心也是系在一起的……是因为红娘用过的那根拴张生和莺莺的绳从天上掉下来落在了这里，绳在我们索河也叫索，只要是情侣们到了这里，心就受那根绳索所缚……

尽管我每次来到这里心里都会想到明，埋怨她干吗要告诉我过去的那些事，但很快的，我就不想她了，因为婧在我的心里取代了她。这是个很漂亮的婧，还是个很含蓄很有思想的婧。我们互相都很满意。我想，像婧这样的女孩子也一定会喜欢索河，说不定还会和我一起在索河置房定居，星期天我就带她来到了这里。

到了索河，她对这里的赞不绝口几乎和我当初说的一模一样，她问我怎么知道这个郊县的一隅有这么个好地方的？我说，听朋友说的。她说，也是和朋友一起来的，男朋友还是女朋友？我说，女朋友。说着搂起她的腰说，你是我的第一，这里对我，我也是第一遭来……

那个农家乐女服务员的声音适时地从我们的背后传来，她嘻嘻哈哈得有点夸张地说，被我说中了吧，到过我们索河的情侣们，心都会被拴在一起……突然，她的话声戛然而止，嘻嘻的笑也僵在了脸上，因为婧给了她一脸的诧异。

尽管女孩子一个劲儿地说对不起，说她认错人了，婧却坚持要回。第二个星期天，我再约她，她说，难道你没听说过那个有关索河的故事吗？就没有考证一下，那么美的一个地方，美得可以建皇城的地方，竟连一点帝王将相才子佳人的足迹也找不到？

见我接不上茬儿，婧说，猜不到吧，那我就告诉你吧，是因为索河起名时，黄道吉日没选好，落在了双子座上。双子你知道吗？那可是个靠说谎吃饭的角色，风水再好，也就白好了……

我说，你就别绕弯子了，我还不是怕你知道了不舒服，我与明……

她说，我给你说过的，你以前和谁谈过我不在乎，但我最容不得别人骗我！说完果断地挂了电话。

一连好几天，我都在心里问自己：咋回事儿？

# 句号省略号

太阳还在赖床，句号就一身绒布衫、白色的耐克鞋，在小吃街和菜市场的岔路口等省略号了。省略号头天天黑起的菜，定要起早来镇子里卖。他等省略号，是有心里话要谈。

句号是因为从小就胖，脸圆得活像个句号而得名。不像省略号，瘦得五官、四胳离离拉拉地像那六个点。还因为他说的话，后面都可以用句号。而省略号说话，一句话只说一半，另一半看看他人的脸色后再说。

他要给省略号说的心里话是：这个村子里像他俩这个年纪的，就他们两个了，何况他们还是同年同月同日生的老庚，该把以前的一些不愉快都忘到后脑勺了，该像儿时那样两小无猜，做个度晚年的玩伴了。

省略号来了，挑着一担菜来了。由于担子太重，脚步很响。那脚杵在路面，一定会杵出个坑来，那无数个坑连在一起，不是省略号是啥？句号这么想着，脸上的笑就抑也抑不住。又来卖菜？打过这句招呼后，脸上那笑的不恭，也没有藏起来。

省略号一惊。省略号走路，头是低着的，像是在数步子，又像是想着心事。省略号急刹步。省略号前行，身子是被一股力道推搡着的。一惊，刹住步子后，省略号说，怎么是你，你这么早就来街上过早（吃早餐）。

想不到吧？句号说，让你更想不到的是，我今天是特地起早在这里等你。说着，一双眼在省略号的脸上身上睃来睃去。多少年来，两个人还没有这么近距离地面对过。省略号的额头上有汗，头顶冒着热气，土布衫上沾有泥巴，深秋天了，还赤脚穿着草鞋……句号有些心酸，话里也就充满了情感：我说老庚，你也该收手了。

什么，收手？收什么手？大概是句号挡住了他前行的道路，也大概是担子太重，该歇息一会儿了，省略号小心翼翼地搁下担子，撩起肩上的汗巾擦汗，望着句号。

句号避开省略号的目光。心里说，是呀，叫他如何能收手？他不像自己，一切都赶上了，结婚，老婆是百里挑一，两个孩子一儿一女，合起来一个好字，都出世了，才计划生育。他好不容易从人贩子手里买了个四川女人，想个儿子，前三个却都是女孩，就那计划生育的罚款，到现在还清了没有还不知道……

于是句号一叹说，儿女自有儿女福，孩子们的心还是让孩子们操的好。

省略号说，你这话怎么让我听起来糊里糊涂的？我孩子们的心，是我孩子们自己在操哇！我的几个女儿虽然嫁得远些，但都很争气，且都是一双儿女，家庭和睦。大女儿早就住上了楼房，二女儿三女儿去年也建起了楼房，儿子的大棚种菜也是他们两口子在弄……

好，好！句号一个好字接一个好字，好得省略好眉头又皱起了。句号说，你皱什么眉头，我可是真心为你叫好。以前我总以为你不如我，现在看来你并不比我差，既然这样，你就该像我一样，每月叫孩子们给点钱，我们两个做个伴，安度我们的晚年……

省略号打断句号的话说，做什么伴？你有你的老伴，我有我的老伴，咱们过日子不是都有做伴的？

句号轻轻地在省略号的肩上杵一拳，倍显亲切地说，你这个家伙别跟我打岔了，再打岔，我就要怪你不够意思了，那是什么伴，我俩是什么伴，我俩可是同年同月同日来到这个世界的，也就是结伴来的，虽然你托生在一个成分不好的家庭里，我借了那个民兵连长爹的光，但这几十年里，你哪次受委屈我不是在心里为你难受……

省略号说，你是不是把话说得太远了，现在谁还有心思扯那些，你还是简单点，我还要赶路，我这担菜还要尽快挑到菜市场去，早一分钟就是早一分钟的价……

句号也打断省略号的话说，老庚，我看你这家伙真是有点不够意思了，我这个想法在心里已经憋了好长时间了，百分之百的好想法，我们每天结伴到街上一趟，过个早，买点想吃的、喜欢吃的回来，过个无忧无虑的晚年，一块来到这个世界，一块离开这个世界……说句不该说的，我要像你，也有干不完的事、操不完的心，儿女多次请我进城给他们带孩子，去了我都回来了……

我懂了你的意思。省略号接过句号的话茬说，可要我像你那样，我办不到，你说的那种日子我也实在是不想那样过，就说眼下，你上街不过是去吃一碗馄饨或是一碗面，吃了回家干啥？睡觉！睡觉起来干啥？吃饭……而我，卖完菜，看看什么菜看好，下一茬儿我该种什么菜，才能有更大的收获，收获你懂吗？我有时候用收获的买一块排骨，有时候买一个猪头，加上萝卜煮一大锅，我儿子媳妇、孙子孙女吃得乐呵呵的，乐呵呵你懂吗……

罢，罢！句号打断省略号的话说，怪不得人们叫你省略号的，你就这么省略下去吧！说完，不与省略号再说，往小吃城走去。

省略号也挑起担子，走上通往菜市场的道，歪着头，冲快步朝前的句号说，听好了，一个人如果感觉到活在这个世上无事可做了，他的人生不是打上句号了是啥？

# 那声 “喀嚓”

在燕山那几年，业余时间钓鱼打猎。打猎主要是放鹰。燕山的鹰，大多来自俄罗斯东部萨哈林岛和堪察加半岛。用这种鹰熬出来的猎鹰凶猛强悍，只要它出击，猎物都会毙命于它的爪下。

这一天，有狼在林子的边沿出没。我的鹰跃跃欲试。它捕捉过很多的野兔野狐，还逮到过两匹幼狼。抓捕成年狼一定更刺激！我想着就给它发了出击的命令。它像运动员起跳，身子一矮，翅膀猛地一拍，黑色的箭样没入了蓝天，又陨石般由天而降砸向狼，钢钩般的利爪速雷不及掩耳地抓住狼后腰，狼刚扭头，张开的嘴就准确无误地插进了狼的两个眼孔……

悲剧也就在这时候发生了。有道白，光一样地从林子里射出来。飞沙走石过后，我的鹰不动了，我看到有匹狼在那里转着圈哀嚎。我甩起猎枪就扣板机，子弹无力地落在了离它几米远的地方。它大概知道我伤不了它，身子随着我的枪响颤悠了一下，抬起头望望我，一步三回头地朝林子里走去。

我边往枪里填子弹，边追。

我的鹰，和死去了的狼一起躺在血泊里。它的头虽然与身子分开了，嘴却仍然深深地嵌在狼颅里。它可是我生命中不可分割的部份！我的泪汹涌澎湃。为了得到它，我可说是费了九牛二虎之力。熬它，让它受了很多的苦，同时也是熬我的心血……万万没想到，它的生命会被一个畜牲夺走。

我要为我的鹰报仇！我不顾一切地朝狼离去的方向追去，失去了理智般在林海里一阵狂奔……终于，随着一阵沙沙声，我看到了那道让我切齿痛恨的白。哪里跑！我甩起猎枪就是一下。我没有打着它。它跑，我紧追不舍。追着，把另一颗子弹又装进枪膛，又是一枪……一会儿，我放了就不下十枪了。它仍然跑，我仍然追……

终于，我跑不动了，我慢慢冷静了下来。因为在我的手又伸进子弹袋里掏子弹时，发现只剩下三颗了。同时我也想到了狼的本性——狡诈。难道它始终在我打不着它的距离外引我开枪，要的就是我把子弹打光？我把子弹打光了，在这个号称八百里人造松海里我就拿它没办法了。我的子弹已快打光了，我必须用这剩下的三颗打死它，才可为我的鹰报仇。

我也决定跟它斗智。想起那句再狡猾的狐狸也斗不过好猎手，心里冷笑一声在松软如被的腐叶上坐下来。坐下后我觉得我是该歇会儿了，跑得太狠一坐下腿肚子直打颤，口也渴肚也感觉到饿了。我决定以逸待劳、以静制动。喝完水吃完东西干脆在腐叶上躺下来装作睡着了。我枪不离手，诱他靠近我。它既然是在图谋我，会靠近我的。

半天不见动静，我又有点沉不住气了。刚坐起来，就吓出了一身冷汗，毛呈银灰色的狼就趴在离我一箭远的地方，两眼发绿地盯着我的枪作冲锋准备。这是我头一次近距离直面这种凶残的动物，我拿起枪就放，它一个转身箭一样地远去，又在我伤不到它的距离外坐下来。为了壮胆，我再次冲向它，边冲边喊：老子打死你！

它又跑，还是和我保持那个距离。我又朝它放了一枪，与我对它放第一枪相比，它竟颤悠都没颤悠一下。跑得从容，还时不时地回头望我一眼。被它几眼一望，我的心里反倒恐慌起来，我的子弹袋里只有一颗子弹了，天也大不如刚进林子那会儿亮堂了。天黑了在这林子里，对我可不利！我放慢脚步，最后停下来。我停下，它也停下，并坐下。我用枪指指它，像它听得懂人话样地骂它：今天饶你不死，老子明天再来收拾你！它的头歪了一下，仿佛在说，还不知谁收拾谁呢？

我抓紧往回走，我必须在天黑前走到林子外边去。

我自信，我的方向感是很强的。我在部队当的是侦察兵，在伸手不见五指的夜里凭着经纬的度数在田野里找到过许多的纸团。可是我转了半天，又回到了我曾经躺过的地方。望着被我躺出的窝，我冷汗直冒。天就要黑了，我却在林子里迷路了！迷路意味着什么……更何况我还是被一匹狼用诡计引诱得迷路的。

慌神之下，我对着天空直嚷嚷，又转着圈对着不同的方向歇斯底里地嚷嚷：这周围有人吗？除了我的声音，万籁俱寂。一会儿后，我的腿终于支不住身子绝望地瘫坐在了地上。坐了一会儿我又站起来喊，比刚才更加歇斯底里地喊。我想我的喊声一定充满了极度的绝望，绝望得凄凉。我不喊怎么办呢？我要继续在林子里转着圈地走下去，等着我的将是精疲力竭而死。

我没有喊来救星，却把狼又喊回来了。我是在听到一阵悉悉索索的响声后看到那个银白色的身影的。虽然在视线很差的林子里我已经看不清楚它的许多细节了，但我从它的移动里能看出，它是在那个安全距离外徘徊。它有时候徘徊得快，有时候徘徊得慢。快，让人想到兴灾乐祸四个字，我觉得它仿佛在哈哈哈地笑，笑完后说，你也有今天！慢，给我的感觉就复杂多了，要是人我会想到他是在同情我，对我生了恻隐之心。可它是狼，它一定是又在琢磨我、打我更坏的主意……

我不能等着它琢磨我、打我的主意。天要真的黑得伸手不见五指了，我就只好等它琢磨我打我的主意了。我得想出对策，当机立断。想来想去，办法还是只有一个——消灭敌人，保存自己。在林子里迷了路的我，只有消灭了对方才能保全自己。我于是慢慢地朝它靠近，同时让它不易觉察地对它瞄准。它发现了我的企图，停止了时快时慢的徘徊。我的枪一举起，它又跑起来。我紧追不舍，它加快速度，一会儿就跑得我看不到它了。

它可能把我引到了林子的更深处，更险恶的环境里？这匹狠毒的狼！我于心里痛骂。还没骂完，却发现我面前的林木竟然稀疏了起来，林子的外面，还有若隐若现的灯光。城市楼房的灯光！我的心里一喜：我从林子里走出来了！我高兴得喊了起来……我走出林子，正是我走进林子的地方，并很快找到了我的鹰。

我的鹰四肢已经僵硬。在我把它抱到怀里心里阵阵发疼时，猛然发现，不见了死狼。死狼哪去了？难道它死而复生了……慌张中，我又听到了悉悉索索的响声，循着响声望过去，我不但看到了死狼，还看到了狼，它正把它同伴的尸体往林子里在拖，响声就是拖出来的。原来是它先我一步把同伴的尸体拽走了。尽管我知道它与我的距离我伤不着它，但我还是习惯性地对它举起了枪。在我举枪的同时，它停止了对同伴尸体的拖拽，坐下来望我，好像对我的行为很不理解……

我枪里的最后一颗子弹终于没有打出去，我还让我的枪如被太阳晒蔫了的禾苗一样低下了头。因为我突然想起前不久被我的鹰杀死的那两匹小狼，它们会不会就是它与死狼的孩子……我还从它的样子里看出，它仿佛在说，你这人怎么一点好歹都不知，一点江湖规矩都不懂，我要不把你从林子里领出来，夜里就算我吃不了你，冷也要冷死你……

我的手一软，枪掉在了地面的石头上，发出来“咔嚓”一声响。我心痛地拾起来，更让我心痛的事出现在眼前了，就那么一下，我的枪断成了两节。

不久后，我调离了燕山那个地方，到武当山下的十堰工作。那时候，工人们在车间里都能逮到獐子、兔子，业余时间打猎成风。他们不知道从哪里得知我曾经是个狩猎高手，几帮人争着拉我入伙。他们拉我时，我总是摇头。他们问我为什么，我还是摇头，并无可奈何地一笑。

他们哪里知道，在我的心里，总有那声“咔嚓”在响着，响了多年，我都没有想透彻，那究竟是股什么力道在作怪，就那么一下，让我的枪断成了两节。

# 疯子傻子

疯子、傻子，都是我的朋友，是文学让我们在年轻时走到一起的朋友。

我的年轻时期，是改革开放的20世纪80年代。那时候，意识流、魔幻现实主义等等，都是我们崇拜的东西。冯牛最上劲，今天一篇意识流，明天一篇魔幻现实主义……作品的众多，让人怀疑他把吃饭睡觉甚至是蹲厕所的时间都用在了写字上，简直处在一种疯狂的状态，就给了他个疯子的雅号。

傻子则是疯子冯牛给杜师爷起的外号。杜师爷的父亲是一个教古典文学的老学究。耳濡目染，他也很古典，不然我们也不会叫他师爷。他常提倡我们多读些孔子、老子、庄子……说儒家思想造就了中国的许多文人，道家思想解救了中国文人；说他们都是神，没成神是因为他们有肉身，就成了哲学家……他的写作就是传承他们，文中常带些之乎者也的东西。我们没有学过那些东西，他讲，我们只有听的份。意识流、魔幻现实主义、冯疯子这些东西出现后，他再讲，我们就跟他对讲，谁都不服谁，激进的冯疯子说他是个傻子，傻子就取代了师爷。

也许是他觉得跟我们在一起没意思，再聚会他不积极了。我们也不勉强他，我们也觉得跟他在一起没意思。渐行渐远，慢慢地就没有来往了。后来听说他在汽车零配件市场弄了一个门面，做起了生意。20世纪80年代中期能开门面做生意，要么是手头已有了几个钱，要么是有了一个很看好的赚钱的买卖。冯疯子的反映是，这傻子也成了疯子，赚钱的疯子，世界上又多了一个受钱诱惑，无休无止为钱所累，体会不到创造乐趣的家伙。

受文学边缘化的影响，也是受傻子的影响——社会潮流向钱看的影响，我们的聚会，谈钱谈赚钱的话题也慢慢多起来。慢慢地，我们的着重点也转到了钱上，弄钱无非两个法子——做生意赚钱，当官发财。我们不会做生意，但我们有敲门砖，我们有的很快当上了科长处长，冯疯子当起了单位的贸易公司经理。

聚会更频繁了。冯疯子谋的是肥缺，三天两头志得意满地给我们来电话，几点几时某某酒店见。这家伙鬼精，虽然是通知我们聚会，但多是陪他的客户吃喝，他公款请吃让我们领了他的情，我们这些人到场给他长脸，可谓一箭双雕。也有他专门请我们的时候，只我们几个，我们就调侃他：又肥了个人腰包？他不正面回答我们，深深地吸口烟吐烟圈，仰头望天，似笑非笑地说，天好蓝地好绿，世界真美！我们就抓紧敲他的竹杠，对服务员小姐说，每人来一条大中华！

这一天，冯疯子又来电话说聚会。一是星期天，二是吃得太勤吃不出味了。说有事。他说，你一定得到场。我说，这么重要？他说，说出来吓你一跳，傻子！我以为他请的是与我的前途生死攸关的人物，骂我傻子，说，究竟是谁，先透点。他说，傻子杜师爷，你不会真把他忘了吧！我说，请他干吗？他说，是他请我们，叫我通知你们，说出来你都不相信，我那天在紫霄殿大酒店见个客人出来见到他，你说他在干啥？他的书在那里搞首发式，市委领导都出席了。

我说，好，我一定到场。又补充说，邓处、董处、隗处你也一定要通知他们到场，一个也不能少。

星期天下午五点，我们在茶楼见面了，与冯疯子常请我们的酒店相比，虽简陋，但雅。我们进门，傻子的第一句话是：不介意这里的档次吧！随后把桌上的几本他的书给我们一人一本。我们翻看他的书，一篇一篇的小说，后面都注有首发的原刊名，选载过的选刊名，跨度整五年。我们说，你这几年发了这么多东西，我们怎么一点不知晓？他说，我可是知晓你们，你们都忙着当官发财。我们说，你不是也在发财？他说，在你们开始当官发财时我就歇手了，一是怕你们骂我铜臭，利用生命；也是钱这种东西够花就行了……

服务员小姐来叫菜，傻子说，中不溜多少钱一桌？八百。傻子说，就八百吧！他们都是些吃大餐的，你这里八百的对他们也是小菜一碟，让他们吃一次忆苦思甜饭吧！服务员开心地笑，我们无奈地笑。

酒菜上桌，本该是傻子致词敬酒，冯疯子喧宾夺主说，他妈的，这杯酒为你正名，从此，给你取掉傻子的帽子。邓处说，那傻子谁来当？冯疯子把傻子的鸭舌帽取下来扣到自己的头上说，可以了吧？傻子夺回帽子扣到自己头上说，还是我当傻子吧！冯疯子说，我知道你心里在说啥，一定在说我们是些受钱诱惑、为钱所累、利用生命的疯子，而你则是出于自己的真性情、真兴趣在进行创造，享受生命乐趣的傻子。

冯疯子的话，是我们十多年前常说的。

# 鱼友柴山

柴山：浑名柴杠，是说他脾气杠（暴躁），还喜欢与人抬杠；浑名柴聪，是说他很聪明，智商高；浑名柴肋，是说他鸡肋一块，嚼之无味，弃之可惜；浑名柴狗肉，是说他像一盘狗肉，上不了正席。

近期发生的一件事，把他这几个浑名进行了一次充分的彰显。

柴山最大的爱好——钓鱼、养鱼。除了上班睡觉，就是钓鱼、养鱼。养鱼是在不能钓鱼的冬天。有鱼钓的时候，睡觉都是在水边上的。这一次，他钓了一条十八斤重的桂鱼。这种鱼长得慢，十八斤，没有十年二十年是长不到的。长得慢的鱼，贵。十八斤，更是属稀有。柴山钓到后，以最快的速度回了家，用一个最大的玻璃鱼缸养了起来。柴山的家，在往活鲜市场的路边，他把鱼缸摆在最显眼的地方，买鱼的人经过路过都能看到。

所以，每天都有很多的人围在他的门口看热闹。

这一天，来了一个买鱼的，问，这条鱼多少钱？

柴山：不卖。

不卖，你摆在这里干啥？

柴山：这是我的家，我爱摆哪摆哪。

摆着还不是想卖，多少钱你出个价吧！

柴山：一万元钱也不卖。

我给你一万一呢？

柴山：你有钱烧包？跟我柴杠烧？

哎，你这人怎么这个样，买卖不成还仁义在……

柴山：我柴杠从来就是这个样！少废话！

柴山：你不是本地的？看在你不是本地人，你走吧，柴杠不是买卖人。

就走了。有人来提醒他，你不认识他吧？不认识他也该认识钱，走的人可是林老板的小舅子，兴许他真出一万一买你这条鱼，这些人有的是钱……柴山说，他有钱咋了？提醒他的人又提醒他，你这人杠得真可以，你摆在这里图啥？柴山说，图玩！

柴山正在杠头上，又来了买鱼的。这回来的，柴山认识——开发区的秘书，秘书笑容满面地看着养在缸里的鱼说，你这回可是出够了风头，连我们主任都在夸你智商高，你这稀罕物是怎么钓起来的？柴山说，你啥意思？秘书说，听不懂？那我就换一种说话方式：不是智商高怎么能钓得起来这种稀罕物？还听不懂我再换一种说话方式：既是高智商也就该知道我的来意了……

柴山哈哈一笑说，你绕来绕去，终于跟我要问的沾点边了。

秘书：听懂啦？提个条件吧！

柴山：看来我用这个被你们称为稀罕物的东西，可以换个一官半职了？

秘书何许人也？察颜观色是他们的看家本事，他边寻思边说，话别说得那么难听好不好，再说我一个跑腿的，连自己都没有个一官半职……

柴山：你真是太谦虚了，那你要我提什么条件？

秘书：你提出来，我可以帮你疏通呀！

柴山：你今天就是为这事来的？

秘书：当然不是，逛活鲜市场，当然是为活鲜……

柴山：这你不用讲，我的鱼也是活鲜。

秘书：区里招商引资，来了几个非常重要的角色，区领导把他们形容成大鱼，你这条鱼如果能在他们的餐桌上出现，出现的可不止是鱼了……

柴山：懂了，你们是想用我的鱼设骗局……

秘书：别把玩笑开大了，我可是想帮你，眼前的事于你、于区里都是个机会，你能钓到这么大的鱼是老天给你的机会，区里逮到从大洋彼岸游来的大鱼也是老天赐予的机会。再说你把这条鱼摆在这里无非是想卖个好价，派个好的用场，你总不会说，摆在这里，图好玩吧……

柴山：你还真说对了，你走吧！再不理对方。

很快的，这件事就沸扬起来，街谈巷议。一半的人说，柴山傻。一半的人猜，柴狗肉的用意到底是什么？真的是他所说的好玩？一定还有更大的味口……老婆也问他为什么，为什么一万一不卖？为什么有好处不换？他答不出，不答。老婆就和他吵，说他傻！老婆的傻字刚说出嘴，他就一巴掌掴在了老婆的嘴上，咆哮如雷地说，嫌老子傻，现在还来得及，谁聪明你找谁去。

老婆捂着嘴巴，哭着从家里走出去。他也从家里走出来。他受不了人们看他的目光，为了躲避那些目光，朝城区外走去。他上班的厂子在郊区，不知不觉地来到了厂门外。厂门外有家小酒店，几瓶冰镇啤酒下肚，他才彻底冷静了下来，深深地叹了口气想：难道自己真的是杠过头了？

被人推醒，他才知道自己睡着了。推他的，是他店里的小姑娘，小姑娘哭着对他说，老板，总算找到你了，鱼死了！

柴山：什么鱼死了？

桂鱼，就是那条值一万一的桂鱼。

柴山：怎么就死了……

你走了，老板娘气走了，鱼也就气死了，大家都这么说……

柴山：死了好！

回到店里，鱼还在鱼缸里，天热，鱼肚皮朝上，都有些味道了。他对小姑娘说，拿刀来。刀来了，他三下两下，卸成了八块，留下一块，叫小姑娘用盐腌上，其余的用个袋子一装，拎起来，就又往厂区的方向走去。

他是去找他的钓友们，钓友们都住在厂里的家属区，他喜欢和他们待在一起。华灯初上，他想，那些兄弟们一定都聚在老李的小卖店前喝茶吹牛了……果然，老李的小卖店前，钓友们都在，他没想到的是，他的事这么快就传到了厂里，钓友们的话题，都是在说他了。

有的说，柴山这家伙的行为让人不好理解。有的说，很好理解，你钓鱼是为钱？你钓到了那个稀罕物不风光够肯放手？有的说，你没觉得那些家伙们是用钱在埋汰我们，我们说钓鱼是修身养性。有的说，那个出一万一的老板未必就能真出一万一，那个狗屁秘书未必就真能给柴山一官半职！有的说，就算都兑现了，也够难听的，你以为柴山没想到，柴山是把钓鱼看得最纯的，听了那些难听的，柴山那个牛脾气，还不把个肚皮都气炸……

知音在这里！柴山觉得还是他的兄弟们懂他。这个觉得还让他很感动，让他的心里亮堂了个透彻，这种亮堂让他好生痛快！一痛快，他就觉得他的鱼死得真是太好了，他猛地出现于大家面前，大喝一声说，就冲你们这些话，就该和我同享这条鱼！说着，拎起袋子的底，几块鱼噼哩叭啦掉到地上，他指着地上的鱼块说，一人一块，尝个鲜吧！

开始大家是惊：啊，你把鱼杀了！随后是挑，挑到手后说，怎么臭了？他说，嫌臭，扔了！这可是桂鱼，还是野生的，听说过干扁臭桂鱼吗？拿回去用盐腌一下，用辣椒花椒干煸，吃了，准还想。

第二天，柴山碰到他们，他们对他说，这野生的干煸臭桂鱼真是一绝，以后不叫你柴狗肉了，叫柴臭桂鱼。他听了，咧开嘴一笑，还点了点头。

# 月亮升起来了

她拎包衣服，从商店里出来经过他的摊位，他眼睛一亮，想说，姑娘要点什么……又想说，小姐要点什么……想想，称呼都不妥，就对她笑了笑说，要点什么吗？她也对他笑笑，扫一眼他面前的东西，又一笑，对他摇摇头，走过他的摊位。

他目送她走过一个一个摊位……

眼前，有只手一晃，他才听到耳边有喂喂声。蝴蝶发卡几块钱一个？是下街那个常来的姑娘，他皱下眉，十元。姑娘说，昨天八元，今天咋十元？他的眉头又皱，知道还问？姑娘说，昨天八元今天还八元？要在往日，他会说，昨天八元今天就不兴十元……

可是今天，他没心思和她闹。一边收摊一边不耐烦地说，八元你要不要……捏住包的四个角，一提往肩上一甩就走。姑娘跺跺脚喊，喂，你不做生意了？是不是魂让她勾跑了？他停下来：你认识她？姑娘说，不告诉你。他迈开步子就走，心里说，你不告诉我，我就找不到她了？索河就这么大点个地方，我一个垸一个垸地找，不信找不到。

他挑起担子开始了串乡，他的魂，确实被那个女孩子勾跑了。被人勾跑了魂，是没有办法的事，肉身只有跟着走。他想，串完索河的几个垸子，找到了她，魂也就回来了。走着，他时而笑笑，时而自言自语：才一年不来乡下串，也不知是哪家的小囡，出落得如花似玉了。

先到了东垸，东垸是最出美女的地方。他的担子上都是些女人们喜欢的东西，货郎鼓一响，大姑娘、小媳妇彩蝶一样地飞来了。没有她，他更响地摇鼓，她们撵他，你招魂呀！除了魂，全垸子里的姐姐妹妹都来了。他失望了。

第二天他到了南垸，又失望了。第三天在西垸，还是失望了。唯有北垸了。北垸像点样的姑娘都嫁到东垸南垸西垸去了，北垸的媳妇都是从北面的山里嫁过来的。没想到，希望在最没希望的地方出现了，他在夕阳里的河堤上看到了她，她穿着那天穿的那套浅蓝色的运动衫背对着他，望着河里一群白花花的鸭子。

他朝她走过去，想在她的背后嘿一声吓她一下，然后和她开始。她突然转过了头，先把他吓了一跳——一张布满了皱纹的脸，脸上的眉头还打着结，两眼警惕地望着他说，你找谁？

他无言以对，脸憋得通红地望着她身上的运动衫，上看下看。她说，你一定是找错人了是吧？我猜到你找谁了，你一定是把我当成她了……他一惊，忙说，你说的她是谁？她说，你是来找我妹妹的吧？只可惜，你来晚了一步，她昨天就走了……他打断她的话说，她去了哪里？她说，她去了哪里你不知道，你找她，怎么能不知道她去了哪里……他又无言以对，脸又红，扯了个由头说，三天前，她是不是去镇里买过衣服？她说，是呀！指指身上的衣服说，我说她这套衣服好看，她就去镇里买了一套，走时把这套留给了我……他说，这就对了，她出来在我的摊上买了一个发卡，给了我一百元钱，人多我忘了找钱，她就走了，你能告诉我她去了哪里，我去找她，好把钱还她。

她用手捂起肚子笑，笑得弯了腰说，我的妈，你不会是看上她了吧？突然地，她叹口气，脸色一黯说，说真的，我要知道她在哪里，肯定会成全你。她有时在广州，有时在深圳，有时又在上海……她不来电话，谁都不知道她在哪，她有钱，有时还不拿钱当钱，你就别找她了……说完上面的话，她不再和他说啥，开始吆喝起她的鸭子来。

天，渐渐地暗下来，他站在河堤上发呆，心也跟着暗下来。他望着她想，她这突然的一叹，脸色突然的一黯，是啥意思呢？她说她居无定所又在说明啥？

她忙里偷闲地看他一眼，说，你怎么还不走，天都黑成这样了！真的，我真不知道她在哪，要知道，我真的会成全你的。她真的是有钱，有时候还不拿钱当钱，你还是快点走吧，一会儿真的看不清路了，你还挑着这一大担东西……

他只好挑起担子，离开她和她的鸭子，高一脚低一脚地往回走。走得不情不愿，走得心里很不是滋味，广州、深圳、上海……他竟有些嫉恨起这些城市来。她的脸那么好看、笑那么好看、身段儿也那么好看……难道好看的脸、好看的笑、好看的身段，就非得属于广州、深圳、上海那些地方？他无可奈何地一叹，天，真的黑得伸手不见五指了。

好在走了一会儿，月亮升起来了。

# 老儒这个鬼人

老儒是我在钳工车间的工友。我由一个钳工经调度员，总调度已成为了生产科的副科长，老儒还是一个钳工。可我没有因为我是科级干部他是钳工就轻视他，而是一如既往地和他好。这次我带他进川来出差就是一个例证，钳工车间那么多人我就点了他。

我们来时始发车，厂里给预订的卧铺。回家心切，买不到卧铺，我与老儒就随便上了一趟过路车。车上人多，每个位子都坐着人，过道里还有人站着，老儒把一筐川橘和包往洗漱间一放，一屁股坐下去，拉我一把，叫我也坐，他是怕我不坐，那个空会被别人填了去。

这可是一个晚上十来个小时，当上干部后我还从来没有受过这种洋罪。我叫他给我拿着包，我要去活动活动，一是补卧铺，二是看有没有哪个车厢空一些。我坐车多见的多，相信不会每节车厢都会这么挤。老儒却不接我的包，说，坐都坐下了，这个位置也不错，再苦也就一个晚上，打个盹就到了。边说边瞟瞟那些站着的，意思是说我们总比那些站着的强。可我还是把包硬塞给了他。

列车长说补卧铺没戏，我便赶紧看有没有空些的车厢。所有的车厢都比我们上的那个车厢空，最后那节车厢还有几个空位置，我欣喜若狂地掏出手机，赶紧又放回口袋（老儒根本就没有手机），一路小跑地朝老儒所在的六号车厢奔去。

来到老儒面前，我汗流夹背，一手拿过我的包，一手去拎他的筐，说，赶紧跟我走。他说，去哪？我说，跟我走就是了。他说，去哪我都不知道，怎么跟你走？我说，你跟我走就得了，我找到空位置了。他说，我还以为你买到卧铺了。仍然不动。我说，走哇！他说，空位子，去了要是有人了呢？要是那位子本来就是有人的，人家上厕所了或是有什么事去了呢？你确定是空位子问好了？我急了，说，你坐过车没有，有几个说自己边上的空座是空位子的，快起呀！老儒还是不起，还说，折腾过去，要万一不是空位子连这里也没了。我急得跺脚，说，你去不去，不去我去了！他不急不躁，说，你要去你去，我是不去的。

这一耽误，我见那些站着的有人朝我来的方向走去，估计他们是奔那些空位子去了，我只好摇头叹息，板着脸在他身边的包上坐下，用背对他，也不跟他讲话。汗湿了的衣服粘在背上，难受，我就不停蠕动背，他拿出毛巾讨好我说，我给你擦擦背上的汗。我只好一声冷笑说，老儒哇老儒，你叫我怎么说你呢！老儒有名的好脾气，笑嘻嘻地对我说，你爱怎么说怎么说。

这是老儒的一句口头禅，也是让我们一帮朋友十分恼火的一句话。一次大家帮他四处活动，让他去当检查员，他犹犹豫豫，不去。大伙说，老儒老儒，你叫我们怎么说你呢？老儒说，你们爱怎么说怎么说。老儒文化低，我们想他是不是担心胜任不了，就给他又活动了个质量员的缺，他还是犹犹豫豫，我们说检查员你怕摆弄不过来那些高精量具，犹豫不去，质量员不过是个凭眼睛的活，你叫我们怎么说你呢！老儒仍然说，你们爱怎么说怎么说。想起这些我禁不住直摇头说，老儒啊老儒，难怪你老儒总是那个老儒。

老儒笑嘻嘻地擦我的汗说，老儒嘛肯定总是老儒。我说，你本来可以是检查员老儒、质量员老儒……老儒停下擦汗的手说，你再说那些事我不帮你擦了！让汗溻在背上病你个兔崽子！我说，捅到你的疼处了？老儒板起脸说，你以为……告诉你我老儒还从来没有如你说的疼过……我打断他的话说，好好，你是钳工老儒，受人尊敬的钳工老儒！像你这个岁数还有几个在车间当工人的！说完我不再理他。

老儒似乎也生我的气了，也不理我，一会儿我睡着了，他睡没睡着我不清楚，我醒来时他在打哈欠看表，他不知道是对我还是在对别的人说，这不就到了吗，也不过就打了个盹的时间！我禁不住摇头一笑，他对我说，你笑个屁，这就像我老儒没当检查员、质量员，没像你们那样折腾来折腾去的一个样，那些睡睡卧铺的坐座位的到了，我老儒也照样到了！我只好再一次重复那句话，老儒啊老儒你叫我怎么说你呢！老儒也还是那句话，你爱怎么说怎么说！

# 空　船

那年我们到小三峡搞笔会。我说的那年是三峡大坝还没有起来的那年。那年的小三峡比现在可是好玩多了。有的地方水湍急得要命，有的地方的水又平缓得要命。有的地方深不见底，水清得发黑，坐在船上望一眼下面瘆得你打颤。有的地方又浅得要命，你得脱了鞋袜从船上下来，和船工一起推着船，在那满是鹅卵石的河床上一步一步艰难地行进。

我们五男五女是在白帝城下上的船。船行到一个叫白银潭的地方，怎么也走不动了。那是个回水潭，水在里面转圈圈，船也跟着转圈圈。船工手忙脚乱，我们大惊失色。屋漏偏遇下雨天——上游飞快地冲下来一艘船。

船毁人亡！我的心里大叫完了。还没等我叫出来，另外四位女同胞发出来尖利的惨叫声，叫声中非非的声音最大。非非是她的笔名，真名叫什么我这里不便说。她是当红的女作家，我们这次笔会中的大腕人物。她不光文章写得好，人也长得好，是我们尤其是男作家们众星捧着的月。

我们的船朝左转，那条船从我们的右手边刺过来。好在船工功夫棒，一竿子把那船定在了浅滩上，让我们的船也贴边停下来。男作家们对船工翘大拇指，庆贺大难不死必有后福，女作家们则手捂胸口喊妈，说吓死她们了。花容被搞得失色，护花使者们转怒发冲冠，对着那条杀手船喊，是谁的船，他妈的怎么驾的船？出来，有种的别躲在舱里当缩头龟！

船工叫大家省点劲，别骂了，里面根本就没人。没人？非非第一个使用反问句。大家望向她，就像是面对一个深奥的数学题。刚才口出不敬的人还显示出几分的愧意。沉默过后，又是非非说，怎么会没人呢？里面的人呢？有人跟着说，是呀，里面的人呢？会不会是出了什么事？

非非说，我已经有某种预感，不祥的预感。说着她开始搜寻上游的水面，仿佛在辩别那里是不是有人的身体出现。

她的目光聚精会神了一会儿，收了回来，又接着对我们提问题，你们说这艘船究意是怎样成了空船的？成空船前船上有多少人？几位旅客？这艘船是因为遇到了什么情况变成空船的？上面的人都到哪里去了？现在怎么样？她绕来绕去的，终于还是触及到了那几个不吉利的字眼：你们说会不会是出了事？船上的人会不会是遇难了？

非非提这些问题时，大家把目光集中在她的脸上。她的脸从来就是大伙的聚焦点。尤其是那几位护花使者，喜欢看着她的脸色行事，平时不大好久看，这会儿光明正大地看，看出来几分的贪婪。非非一叹说，出来玩就怕遇到这种事。护花使者们跟着一叹说，是呀，碰了这种事多倒霉，多可怜。非非进一步说，我们是不是应该采取某些措施，比方把这里的情况反映给有关部门，或者报警……

五个男人比赛似的拿出了手机，一个摁不通，一个说你这是什么破手机接着摁。结果是大家的手机都破都不破，没有一个摁通的。就在这时，岸上跑来了一个三十来岁的汉子，脸色苍白气喘吁吁，在离我们不远的地方高门大嗓地与我们的船工打招呼，谢谢我们的船工帮他把船推上了浅滩。他们说的是当地话，我们是问了船工后才知道他说的什么。船工还告诉我们，船上的人都没事，是因为有人要上岸拍照，水流太急，冲跑了他的船……

船上的人没事，我们却差点船毁人亡！非非的脸一下子变了，情绪变得很激动地说。说完又说，你这个船工的责任心到哪里去了？你知不知道多危险，你知不知道由于你的责任心，差点弄出了什么事？汉子说，不是没有弄出事吗！非非说，你说得多轻飘，我们这些人的命在你的心里是不是和你的话一样轻飘？汉子说，你要我怎么样？你想怎么样？

五个男人一起为非非出头，几乎是同时说了四个字——妈的个B！有一位还从船上跳下去。另四位说着你知不知道你在跟谁说话？也跟着跳上岸。五对一和汉子撕打起来。我们的船工赶忙喝止，可是他们已经交上了手，汉子已经吃亏了。我们的人在船工的喊喝声中回到船上时，汉子指着我们说，龟儿子们，你们总要回来的，老子约人在白帝城下候着，到时候看是你们狠，还是老子狠……

到鸟溪后，我们没怎么玩，路上也没玩好，第二天一早买了汽车票奔回宜昌。到现在我都在遗憾，那个汉子干吗不等我们走后再出现，让大伙保持那份空船的心态多好……

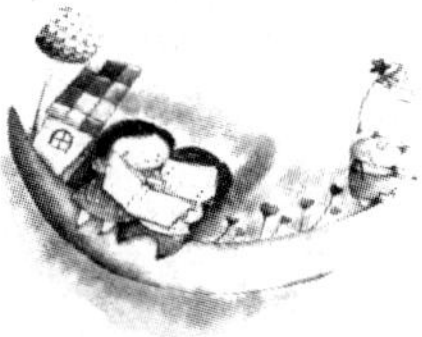

# 绑　架

罗昌银不知道自己被人抓到了什么地方，当前的时间是白天还是黑夜，更不清楚对方为何要抓他。

被抓时，他躺在河滩中央的一块草坪上正看蓝天上的闲云，和那一只在山岗上走来走去的野鹤。以前他在石滩上溜累了也是这个样子。他正奇怪今天的心境和以往怎么就是不一样，一个黑布袋套到了他的头上，口也被人用布团堵上了，五花大绑着被带到了这个寂静无声的地方。

很快的，罗昌银就感觉到了肚子饿，嗓子渴，身上一阵一阵地发冷，担心自己会不会被人搁在黑暗潮湿的地方冻死，饿死，渴死？自己真的就这么死了可怎么办？要在以前，死不足惜，老伴先自己而去了，儿子姑娘都成家了在外地打工，自己糟老头子一个，死了倒是给后人们减轻了负担。今天可是不一样了，自己捡了那大个宝贝疙瘩，换回来的钱可是屋子都装不下的！他真后悔在捡到那个宝贝疙瘩时，怎么就不知道给儿子姑娘通个话，告诉他们他把它埋在屋子底下两米深的地方。捡到那个宝贝后到珠宝店询价在家里挖洞，中间随便抽点时间给孩子们打个电话都行……

终于有了动静，有人说，有几句话问你，知道就点头不知道就摇头，你明白我们为什么绑你吗？他说不出话，摇头。这也正是他要知道的。对方说，你这个狡猾的家伙，还是点头吧！我这个人喜欢看人对我点头，你很快就会对我点头的。我们抓你前你是在看天上的闲云和山岗上的那只野鹤吧？他点头。对方说，这就对了，你以前也喜欢看闲云野鹤，总想过那种闲云野鹤的日子对吧？可是受金钱所累始终闲云野鹤不起来，你就嫉妒那些闲云野鹤。今天你看它们的心情不一样，觉得自己就是一朵闲云一只野鹤了，爱怎么舒卷就怎么舒卷，爱上哪里就上哪里了？

罗昌银不好摇头也不好点头，那可是他的心境，他从珠宝商那里知道了他那块宝贝疙瘩的价值后的心境，心境他是怎么知道的？点头后他会不会再问，你干吗会有如此心境？那样下去，他的宝贝疙瘩不是要被他问出来了？对方哼了一下说，你不点头是吧？你这个不老实的家伙！你以为我们什么都不知道是吧？告诉你，你拿着那一小块碎片去找珠宝商询价时我们就盯上了你，知道你有个大家伙，那块碎片不过是你怕露财从那个大家伙上敲下来的。行呀，不点头也行，只要不摇头我们就算你点头了。

再问你一件事，你在乱石滩上发现那个宝贝疙瘩时，是不是特别高兴？高兴得真像书上说的那样感觉像过年一样？随后的紧张，是不是负担很重，怕有人对你图谋不轨？罗昌银的心剧烈地跳起来，这也是他的心境，他又是怎么知道的，这个问他的家伙是人还是鬼？他正迟疑，对方又说，你既不摇头也不点头，看来你又被我说中了。下面你听好，边听边想好怎么回答我，我还是想在第一时间看到你的点头。你从珠宝商那里回来就开始在屋里挖洞，一连挖了七八个，是不是在摆迷魂阵，防止被偷被抢，琢磨着就是有人知道了来偷来抢也一时难得得手？一天没事两天没事，第三天你又去那个捡到宝贝疙瘩的地方猛找，是不是想再找出一砣宝贝疙瘩来？我们今天不抓你来，你是不是还要继续找下去？

罗昌银实在想问，你究竟是人还是魔鬼？另一个声音说话了，力哥，既然东西已经到我们手里了，天也快亮了，我们就别在这里猫逗老鼠地浪费时间了。罗昌银一听东西已经到了他们手里，呜呜地叫起来，蹬腿踢脚地挣扎。突然他感觉到腋下一麻，既不能呜呜的叫也不能动弹了。力哥说，听到了吧，现在离天亮已不远了，绳子给你解了，半个小时后穴道自解，你就可以离开这里了，但出去了就出去了，不许报案，如果报案我们就再抓你，被我们再抓就不会有这次的运气了，还有你在外地打工的儿子姑娘我们也不会放过的……

一会儿，罗昌银醒来了，发现自己正拥着那块他认为是宝贝疙瘩的石头躺在河边的沙滩上，奇怪自己怎么做了那么个鬼梦！

# 姑　姑

我七岁那年去姑姑家玩，在她家的地上捡了一笔钱，那钱用手帕裹着，整整二十元。

姑姑家在襄河堤下，堤上是小城。有了钱，我上午上堤一趟，买了个皮蛋吃，那是我发誓有了钱一定要吃个够的食品。下午又上堤一趟，买了两颗棒棒糖，正吃着在路上幸福地翻着斤斗时，姑姑把我逮住了，夺走钱之后，对我屁股甩了一巴掌骂，这个死孩子，怎么有这个毛病！

从此，姑姑看我都像看问题。十三岁那年，我考上了中学，我们那时候能考上中学，决不比现在考上大学的轰动效应差。家里请客，姑姑来了，我背着行囊去住校，她送我，一路上反复对我说，住在学校里人多，手脚一定要干净，不是自己的东西一定不能拿。那时候我对手脚不干净几个字理解不全面，只知道姑姑是针对我的七岁说的。

初中毕业，正赶上文化大革命没学上了。听说解放军是所大学堂，我应征入伍，穿上了军服。家里再次请客，姑姑再次来做客，再次把我拉到没人的地方叮咛我，在队伍里手脚特别要干净，不是自己的东西一定不能拿。不知是她杜撰的，还是真有其事，说她们那里有个人就是因为手脚不干净，被人一枪打死了。那时候我对手脚不干净的理解还是不全面，总以为是后面那层意思——拿不属于自己的东西。那个姑姑家地上的用手帕包的钱是姑姑的，我拿了属于姑姑的。

直到我到了部队，才彻底明白了手脚不干净是怎么回事儿。这几个字是与专用名词小偷划等号的。我们连队有个爱好乐器的兵拿了文工团的一支好笛子，连长说他手脚不干净。连长还说，什么叫手脚不干净？就是小偷！随着连长话的不断深入，我身上的汗毛直炸，我在姑姑的眼里也是个小偷？我没有偷呀！我是在地上捡的！姑姑认为我偷，一定是认为她把钱藏在一个隐秘的地方让我发现了，我偷了她的钱，一定不认为是自己把钱搞丢了。

我要给姑姑解释，给姑姑说清楚这个要命的事。姑姑没有上过学，写信解释行不通。那时候的通信工具只能是信，我总不能为这事写信让别人给姑姑念。我也担心在信里跟她扯不清楚，我上中学时她说那话我没有吭声，我当兵走时她那么说我也没有反驳。如果我说我总以为是后面那层意思她会信我吗？她一定会说，行了立儿，我一个没有上过学的人都知道手脚不干净就是小偷！

就在我为这事痛苦不堪的时候，父亲来信说，姑姑病了，除了我，所有的亲人都在医院陪姑姑，姑姑想我，说我是她在病中最思念的人。姑姑是我们家族的顶梁柱，我爷爷奶奶死得早，是她把我父亲、叔叔、小姑拉扯大的，姑姑住院，他们当然要陪着。他们能以姑姑为中心，还因为姑姑是我们家族的精神领袖。姑姑虽然没有读过书，但她满肚子经纶，什么忍一忍风平浪静，退一步海阔天空，命里有的终归有，命里无的不强求，舍就是得，得必须舍……大家有什么想不开的事，跟她一席话，都没事了。

我告诉父亲，部队已让我转业了，但要求我们先到那个三线工厂报到。我到了那里放下行囊就往家里赶。并让父亲转告姑姑，我也很想念她，并有很多话要跟她说。当然是那些叫我痛苦不堪的话。父亲又来信，说姑姑问我到了工厂干啥？我说，管一个物资仓库。父亲来的就不是信了是电报，电报里说，姑姑病危，速回！

父亲的电报，我是在离开部队就要上火车的时候接到的。工厂顺道，下了火车报了到我就往家赶。我赶，一是想在姑姑清醒的时候让她看到我。但主要的还是为了心里的那个委屈，如果我不在姑姑离开人世前当着她的面把那委屈倒出来，跟她扯个清楚，我担心那委屈会在我的心里窝它个一生一世，最后把我窝出毛病来，叫我死活不得。

刚接近病房，我就听到了我姑姑女儿的哭声。我哭着一头钻进去。我的哭声一起，姑姑那本来已歪在了一边的头猛地正过来了，闭上了的眼睛也一个激灵地睁开了，见了我，脸上还浮现出一丝的笑，然后，嘴巴也嗫嚅起来。父亲就着急忙火地对我说，快，把耳朵凑过去，你姑有话对你说。我跪下，大气不敢出，耳朵紧贴姑姑的嘴，隐隐约约听姑姑说，手……

我还在等她说，哭声又响，且是大而嘈杂的响。再看姑姑，姑姑的嘴巴已远远地离开了我的耳朵，随头歪在了一旁。我捶手顿足，说我来晚了。亲人们说，你没有来晚，你姑等你，你终于让你姑见着了。我还是说我来晚了。因为姑姑说的那个手字后面的话太叫我耳熟了。

# 因为姑姑

我管的仓库，是一个特大的仓库。特大的仓库，当然不是我管，我只是这个管理队伍中的几百员之一。我的具体岗位在轴承库，就这一个轴承库就有一个剧院大。里面库存的轴承说了你都不相信。大的一人多高，小的比小指甲盖还要小。也就是说，在我们库里，只要是当今世上能有的轴承我们库里就有。

除了我们轴承库，还有橡胶制品库、标准件库、刀具库、磨具库……在这些同行们的眼中，我们轴承库最肥，因为被我们管着的那些大小轴承们，在那个计划经济时代是最走俏的，比漂亮姑娘们还走俏。其实，别的几个库也不赖，需求单们和普通老百姓视他们也是肥得流油的地方。我们经常分东西，有时是鸡蛋，有时是香油，有时是野味。我们拎着这些东西走在马路上，羡慕得很多人的眼睛都是红的。

一次我提着两瓶香油正在路上昂首阔步，背后有人议论，说我们以好充次，把好好的轴承当废品处理，以换得对方的物资。那些人有工厂的工人，也有其它几个库的同行们。顿时，我如众矢之的。我按图索骥，以我们科长为首的那些老字号们，确实是把一些很好的轴承随手甩在废品堆里，随后当废品卖给那些给我们送这送那的人。我无法改变这种现状。我们轴承库有科长，科长下面有班长，班长下面有老师傅。他们谁都叫我小谢，呼来唤去地叫我小谢，我只有被他们呼来唤去叫小谢的份。

可是我的心里不舒服，很不舒服。如同被姑姑视作是个手脚不干净的人样的不舒服。我虽然绝对不是手脚不干净，但我绝对是拿了不该拿的东西，且把它们吃进了肚里，变成了我自己的。慢慢地，那种不舒服变成了胸部的隐隐作痛。我怀疑，是那些来路不正的东西有明堂，损害了我的身体。我问那些老字号们，他们说我瞎说，后来我知道了我是在瞎说，但我仍然瞎说。说我从小在乡下吃那些粗菜淡饭惯了，没有福份享受那些高脂肪、高蛋白的东西，分那些东西不要再考虑我了。他们说那怎么行，照样给我分。我就送给那些关系跟我近些的人。几次之后，他们就真的不再考虑我了。

我的胸痛慢慢消逝了，我们轴承库却出事了——被人捡举了。开始老字号们怀疑捡举人是我。当他们知道是其它几个库搞的鬼时，反弋一击。他们也掌握有其它几个库的证据，几乎是所有的仓库都在这么干，只不过我们的轴承们俏一些，火他们一些。顿时，整个仓库如一锅乱冒泡的粥，冒得上头都乱了方寸，只好由军代表来收拾这个乱摊子。

由于我的被怀疑，我被当成了拒腐蚀永不沾的典型。军代表对我这个转业军人典型也尤其重视，派来了政治处的笔杆子帮我总结，说我毛主席著作学得好，政治思想觉悟高，并要我到各单位去巡回演讲。那个演讲稿写的根本不是我，只有一点是我，那就是后来那些东西我没有拿。不是我，我怎么能当我的去宣讲？我提出了我的异议，给他讲我当时的心理活动，讲我和姑姑的那些事。我刚讲完他就说，原来你所谓的拒腐蚀永不沾是因为心理障碍！我问什么叫心理障碍？他把讲稿拿到手叠巴叠巴收进包里说，这是个专用名词，我建议你还是去看看心理医生。

看医生？心理障碍是病？我正为我得了什么怪病精神恍忽时，笔杆子又来找我了，主动跟我套近乎，态度简直是一百八十度的大转弯。我以为他还是为那个讲稿来的，套近乎是另一种手段。我正在心里说，你的手段再高明我也是那个态度！他却给我打过来一支烟，还给我点火，直到走时竟一个字也没提演讲稿的事，还嘻嘻哈哈地对我说，以后高升了，可不要忘了我哟！

我果然很快就当上了我们轴承库的科长。笔杆子成了我的好朋友。

军代表的历史史命完成后，总库设宴欢送，笔杆子端着酒杯来到我的桌前舌头打着卷地附着我的耳朵说，我觉得你应该去跟杨代表喝一杯，你老兄这辈子祖坟能冒烟，就是因为碰到杨代表这个贵人了。那天，我把你的情况如实汇报给他后，他出乎我意料地说，此人有这种心理障碍好，此材可造！打那天起，我就知道你小子要走运了。

# 还是因为姑姑

我真的走运了，军代表走后不久，我升任总库的第三把手。我坐在我的宝座上，成了下级的笔杆子跟我汇报工作。汇报完后他告诉我，我能坐上这把交椅，也是老杨走前安排好的。他的安排是把他当初说过的那席话给接班的人重复了一遍。我说什么话？他笑笑，说，此材可造。对于那句我有心理障碍的话他避而不谈，我笑笑。

八年后，排在我前面的那个老兄因年龄到站，我排到了第二。又八年后，排第一的老兄也是年龄到站，我顺理成章地变成了第一。这个时候正是那首“有个老人在中国的南海边画了个圈”的歌唱得红火的时候，我当官的战友张风来找我，要我按他的清单出一份计划给他，他批，只要几次，所得的利润足够我们一辈子吃香喝辣了。我黑着脸说，倒卖计划？他说，你别说得这么难听好不好？这可是市场经济。我说，政治经济学咱也学过，没有这样的市场经济。张风说，你傻呀你！我说，是有点，咱从小粗菜淡饭吃惯了，香和辣肠胃消受不起。他说，你这个人怎么到了现在还是这个样。我说我这个人这辈子都这样过半百了，就这样了。

他见我一直黑着脸跟他说话一点笑意都不给他，脸也黑下来说，你别以为我是来求你的，想跟我干的人多着呢！我是念着我们的感情，想让你成为先富起来的那部分人。我说，谢谢，我不想这样富，我的姑姑也不想让我这样富。他说，别谈你那心理障碍了，别以为当初军代表的一句话，你就一辈子管用了，抱着个屎镬当麻花！我说，就算是，你走吧！他站起来说，少了你谢屠户，我还不吃肉了！我说，你吃肉也好，喝汤也好，反正我是不沾这个腥的。

张风是我最要好的战友，我姑姑的故事，军代表说我的故事，战友中我只跟他一个人讲过。要不为这事，我不能跟老婆孩子们讲的事还会毫无保留地跟他讲。他有时候是个好听众，不像有些人你还没有讲完他就插话。有时候很正直，经常肯定我，否定我，我又乐意让他肯定，让他否定，我觉得这样才是朋友。为这种事脸红脖子粗了，看来他不会跟我来往了，我们也就做不成朋友了。

他真的十几年都没有理我。他不理我我也不理他。他已经跟我不走一条道了，道不同不可为谋。他的情况，还是老伴要钱给女儿买手提电脑时我才从她的口里听说些。他后来彻底下海了，赚了很多钱，儿子姑娘也跟着赚了很多钱，还各自有了自己的公司。老伴要钱给女儿买手提电脑我说没必要，没必要主要是我舍不得钱，拿不出钱。她们就拿张风挤兑我，我当然不服，还跟她们拍了桌子。她们跟我吵，搞得我在家里众叛亲离危机四伏。我就于心里骂，张风王八蛋！

王八蛋张风突然来找我了。一脸的沧桑，是那种带憔悴的沧桑。我说他突然来，是我退休在家正品着茶给小外孙女讲故事的时候。敲门声后他说他是张风，我说你是不是走错门了？我这么说是想把他拒之门外。不料他不管不顾地进了我的家门坐到了我的面前。他叹口气说，怎么，老朋友来了，连茶都不肯给一杯？我说现成的茶，我不是要给我的外孙女讲故事吗？他端起我的茶喝了一口又叹了一口气。在部队我们两个经常共喝一个茶缸的茶，他喝了我的茶，我才放下外孙女又倒了一杯。

他坐在我面前喝水叹气，叹气喝水，直到我的老伴买菜回来。老伴对他倒是蛮热情，要给他整酒。他说，不了，这年头谁还在家里弄，我请你们，去城里最好的酒店包一桌……我说，你显摆？还是又在动什么歪脑筋？他说，我动你什么歪脑筋？你还有什么值得我动歪脑筋的？我还有什么需要动你的歪脑筋的？老伴过意不去，说我，你这人怎么这样。我说我就这样。老伴说，德性……张风说，嫂子你忙去，我今天奔的就是他这德性。老伴说，老张你坐，今天就在家吃，我给你们弄几个下酒的菜。张风说，别少了花生米、泡菜……过去我们喝酒经常就这两种菜。

张风真的没动我的任何歪脑筋，只是和我喝酒说过去的事，说着喝着我们都醉了。我醒来时他不知是什么时候走了。我对老伴说，这王八蛋真的是叫我莫明其妙。老伴说，老张这些年苦，儿子四十多了，还在今天跟这个女的，明天换那个女的，连个后都没有，女儿吸毒……

老伴的话使我一怔，你是怎么知道的，我怎么一点也不知道？

老伴叹气。为张风叹。

我望着她为别人叹气，慢慢明白了些，怪不得老伴自那次联合女儿和我吵架后越来越少地跟我提及张风。女儿得奖学金出国后，她跟我的穷日子越过越有滋有味。

# 唱好了歌的疯道

死了，死了的是自己。见证人是和他张老一起从部队转业来这座城市的很闹心。

醒来后，张老浑身是汗。昨天才退休，今天就做这种梦，什么兆头？如果真如梦中所说的那样突然死了，自己那些散在亲朋手里的钱不就白挣了。那些钱可是自己挖空心思挣来的，在位时为了保险，才散在亲朋手里的。

张老感谢这个梦。他把很闹心在梦里出现当成是在给他报梦，也就感谢很闹心。张老一个电话接一个电话地打，一家一家催、一家一家跑，半年的工夫，终于把钱收回来了。钱散出去容易，收起来真是难呀！要不是很闹心梦报得及时，再过两年身体差了，很可能收不回来了。

钱要回来后，张老又发愁了。以防不测，张老要回的全是现金。开始，他把钱锁在几个抽屉里。后又集中到一个箱子里。嫌箱子是木质的不保险，买回了一个铁的保险柜。保险柜太此地无银三百两，又把钱变成了黄金玉石，埋在了地下……

光这串折腾，就花了张老整整一年的时间。

刚刚松口气，那个梦又来了，见证人还是很闹心。

啥意思？张老在梦里就问自己。醒了还问自己。是呀，把那些埋在地下干啥呢？自己真的死了，不是变成无主的财宝了？即使以后被人挖出来，谁又能知道是你老张的？知道是你老张的又有什么用呢？一百年几百年都过去了，谁知道你老张是谁？这一想张老又于心里感谢很闹心。

张老就找来锤子凿子，把埋财宝的水泥弄开。张老住的是别墅，是借一个风雨交加的深夜把这些财宝埋进地底的。把它们弄出来，张老的衣服都被汗湿透了。他一口气、一鼓作气，是在和那个梦抢时间，死这种东西的降临是悄无声息的，他在梦里体验的死就是悄无声息的。

可是在他坐下来歇口气喝口茶，静静地面对宝物时，他又渐渐地变得不平静起来。弄出来了究竟放到哪儿好呢？一杯茶喝完，张老为这事心力交瘁，浑身虚脱了一样。更可恨的是那些明晃晃金灿灿的家伙，好像在笑话他——老伙计，我们在地底下睡得好好的，你把我们弄起来干吗呢？

张老不得不想起他的后人。财产传给后人天经地义，可是他不想给他们。他就是不想给他们，才散到亲朋中去的。他有一个儿子，一个女儿，倚靠他都有自己的公司，赚了不少的钱。儿子有钱后吃喝嫖赌，快四十岁的人了，还在今天这个女人明天那个女人，连个家都没有。女儿更糟，吸毒，有家却破了。

咋办？张老又想到很闹心。这家伙两次来梦里搅他，是不是有什么好法子？在部队里再难的事，只要他俩一合计，准能有好法子。可是他又不想去找他。他不找他，他也不找他都快二十年了。他那次找他是为帮他，帮他成为先富起来的那部分人。他给他出了一份清单，要他按单报计划。告诉他，只要报一下，他一辈子吃香喝辣的都不愁了。不料他脸一黑说，你这是倒卖计划，犯法！咱从小粗菜淡饭惯了，香和辣肠胃消受不起。这是他万万没有想到的，也是他不能接受的，脸也黑下来说，你知道这个世界上有多少人想跟着我干吗？他说，谁愿意跟你干你跟谁干好了。他站起来说，少了你谢屠户，我还不吃肉了！他也站起来，是那种送客的站起来，你吃肉也好，喝汤也好，反正我是不沾这个腥的。

他从他的办公室出来，心里直说闹心，很闹心。从此，很闹心三个字，成了他贴在他脑门上的标签。五年前，他听说他退二线担任了他那个单位的书记。三年前又听说去了老龄委当主任。两年前他在报纸上看到了他的一些豆腐块文章，有一篇的题目叫“长生不老并非不易”。他心里一笑说，这家伙开始卖狗皮膏药了。

张老竟在他的小区里碰到了很闹心。他是随养生俱乐部来他的小区宣传养身的。他们相视一笑，算是前嫌尽释。他说，把狗皮膏药卖到我的家门口来了。他说，买一副贴贴如何？你这面色是该买一副贴贴。张老一阵警觉，想说我这面色咋了？想到两天来的被折腾，面色不好也很难说……可是这种面色不好，正是他的报梦所至，随口说，还不是被你这个家伙吓的。

很闹心说，我吓你了？我怎么吓你？

你在我的梦中说我死了。

很闹心仰天大笑说，死了死了一死百了，不百了九十九了，九十八了，九十七了……

张老说，你王八念咒呀！

很闹心说，我还没有念完呢，等我念完了你再骂。你骂完后我再给你念不死了，不死了你懂吗……

张老的头被他念得渐渐大了，神神叨叨的很闹心，渐渐地在他的眼前幻化，最后竟成了《红楼梦》中那个唱《好了歌》的疯道？

# 神　树

这棵树是我1961年栽下的。

那年的冬天，在区里上班的父亲弄回来三棵树，领我来到这个老家的空屋台，画了三个圈，要我挖三个坑，把树栽下去。笔直的那棵栽中间，歪脖子和矮粗的一边一棵。

那天是我十岁的生日，我问父亲，这是什么树？

菩提树。站在旁边抽烟的父亲一本正经地说。

我的眉头皱起来：干吗不栽梨树苹果树，桃树枣树？栽那些树多好！

父亲更加一本正经：记住，这是你爷爷的爷爷的爷爷立下的规矩，咱们家长子十岁生日这天，必须要亲手栽下三棵菩提树，还要勤浇水，勤休理，直到树成材……我问父亲：你也栽过？你栽的树呢……父亲很严肃，说，当然栽过……去年被城里公园买去的那棵就是爸爸亲手栽的……

那不是白果树吗？我打断父亲的话。父亲点头说，你栽的也是白果树，你爷爷们叫菩提树。是佛爷爷念经时，帮他遮风挡雨的树，那种树在我们这里长不活，姓佛的人就用白果树代替……

父亲还说，有空了，爸爸领你去城里看我们家的菩提树。

我等父亲领我进城，父亲却去了内蒙，是为风力发电去的，回来，嘴巴歪了，半边身子不能动了，在医院里一躺就是四年。那时候烧柴是个大问题，母亲白天在医院护理父亲，晚上还得拿把竹扫帚到公路边上扫落叶。父亲对我说，你去把那棵不成材的歪脖子树锯了，弄回家让你妈当柴烧。那棵树父亲弄回来就是歪脖子，长了几年还是歪脖子，树杆虽粗却歪七扭八在地上，杆上发出来的枝很茂密，当柴烧确实是个好主意。

歪勃子树树杆劈了三担柴。树枝堆了三推车。还有那个树蔸子，我们也挖了回来，放在堂屋里烤火，暖和了我们一家人一个冬天。

转眼又是五年，这时候，我已经在部队上了。在我们部队，我是政治处的宣传干事，也就是说，我已经提干了，还是副连级。二十多一点，就是副连级，前途远大呀！就在我雄姿英发雄心勃勃的时候，老家那个村的队长打来了电话，说知青点要盖房，想把我家成了材的那棵白果树赊下来当屋梁。

家乡的许多事，已不装我心里了，我哪还在乎一棵树，说，赊什么赊，锯吧，旁边的那一棵如有用也一起锯了吧！队长一呃说，对树的处理在你们家是很讲究的，虽然你爹说，你栽的树成材了只要你答应就可以锯，但对于旁边的那一棵，你爹特别嘱咐过，下面的树墩是可以用，上面的枝条又正长，锯了可惜了，得让它再长长……你爹的口气可是很坚决的。

我打个哈哈，说，随便随便。说完就去一个边防连讲评法批儒课。回来，主任告诉我，我爹去世了。我悲痛欲绝，赶到家时，天热，父亲已经下葬了。父亲是土葬，就埋在那棵粗壮的白果树旁。白果树的树墩已有两米高，一抱粗了。树墩的顶端，有五根大腿般粗的树枝直指蓝天。父亲的墓碑站在树阴下，猛一看，使人想到佛爷爷。

我跪碑前给我的父亲烧纸。队长一旁叫我节哀顺变。说完节哀顺变说树款，说队上有钱了一定尽快把钱给我。说完树款又说我的父亲、说我的祖父。队长和我的父亲同时代人，说我的祖父也和我的父亲一样，是在我父亲栽的那棵笔直的树做了我家的房梁后不久去世的。说我的父亲比我的祖父还高明，是拿自己当肥料埋在树下。

最后队长问我说，你们家祖祖辈辈这样待树，很多人都说，这里面是有玄机的，是这么回事吗？

树……玄机……

我一下子想到了庄子。我在军区接受评法批儒培训时，那个讲庄子的老师说，庄子就是个玩弄玄机的人。庄子的出世、入世、间世，用了那么多艰涩难懂的文字，最后把那个解牛的庖丁也搬出来了，我听了还是懵懵懂懂似懂非懂。树，一下子使我茅塞顿开，我祖上的树理，不正是在说明这个道理吗？他们用这个道理立身处世，在那个有众多商铺的罗场小镇使我们谢家木匠作坊铺久盛不衰……

时间过得真是快哟！许多事就像是在昨天，眨了眨眼，我的孙子都快三岁了。坐在我亲手栽的菩提树下，面对袅袅香烟和满树枝的红布条，我抽下烟，烟圈里出现了我栽的那另外两棵树。那棵歪脖子由于长得歪歪斜斜，还没怎么长，就被砍了当柴烧了。那棵笔直的虽然是成器了，成器对一棵树而言，意味着丧生和天性的扭曲。唯有这棵锯了派不了大用场，当柴烧又舍不得的树，活的年限不仅比前者多好几倍，活着活着还活成神了。

孙子说，爷爷你在干什么呢？我说我在想树。说完我望着小调皮蛋想，这小子到十岁还不是一眨眼的事，到时候我是不是也该叫他的爸爸弄三棵树来，让他也在这里栽一栽？

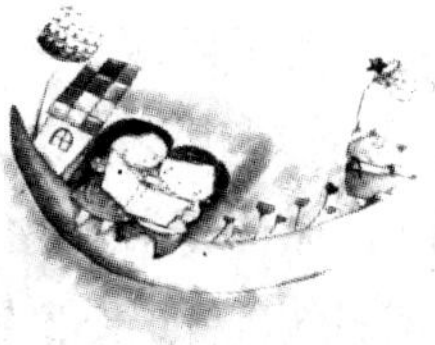

# 你还少了一个环节

我默诵着“此地不留爷，自有留爷处”，从老总办公室出来。

走进另一家公司老总的办公室。

他姓白，是我的朋友，引以为傲的朋友。我刚坐下，他就把一杯茶放到我手边，笑容可掬地说，什么风把你吹到我这里来了？

东南西北风！我没好气地说。

东南西北风啥风？他仍然笑嘻嘻地问。

我的没好气更甚，莫明其妙的风呗！

此话怎讲？他坐到茶几另一边的沙发上，还是笑嘻嘻。

我气呼呼地说，整整一个月，他就没给过我笑脸，每次被他叫到办公室，都像训儿子似的，奶奶的，真叫人莫名其妙……我骂了句我的老板，接着说，我不想给他干了，上你这里来吧！

他敛住笑，话也没有了。

我原以为他会把手伸过来，紧紧握住我的手说，欢迎！此前他曾多次说过，他的身边，苦于没有一个像我这样的得力干将，我老板的成功，有一半得力于我。我跟他开玩笑说，有一天没饭吃了，讨饭讨到你的名下，还望赏一碗残汤剩粥。他说，你要真能到我这里来，我可是拍手欢迎！说着，还真的鼓了几下掌。

我说，看来我要饭找错门了。

他连连摆手说，不，不！

我说，那是为啥，你怕得罪他？他与我的老板面和心不和。

你把话扯远了，他说，当初你要上我这里来，我哪怕是得罪他也会要你，你当时的势头是上升趋势，现在，我得跟班子里的人通个气……

我用手势制止他说，明白了，你不用讲了！我现在是走霉运，下降趋势，我在你的眼里是一只股票，你是买涨不买跌！说着站起来就往外走，默诵起另一句话，什么朋友……

他追到门口说，你听我把话说完好不好……

我头也不回地走。

来瓶酒，度数最高的！我在酒巴里坐下，冲着巴台喊。小姐问我要什么菜。我说，一斤水煮花生。我不停地吃花生米喝酒，喝酒吃花生米，心里直叨叨，他妈的，没落难就这样，真落难了还不知是什么样……虽然酒精使血压不断升高，残酷的现实却使我反而变得冷静又冷静——我庆幸没有在老总面前把那句默诵的话诵出来。

往后去怎么办？无疑的，把尾巴夹起来做人。

我的工作能力是没问题的，老板对我是满意的。要不，他不会在全公司的大会上表扬我人才难得。老板对我不满意，追根究底，还是因为“此地不留爷，自有留爷处”这句话。这句话在我心里滋生的土壤，恰是我白姓朋友的那几拍。他拍那几下后，我就不再对我的老板惟命是从了。

我是公司的市场部长，跑回的市场年年刷新。自从老白的那几拍后，我认为可以了。殊不知，物价在涨，工人的工资要涨，老板对市场部的要求也在水涨船高。也就一个月没刷新记录，他跑到市场部发火说，如果下个月还是这样，我只好拿你们市场部开刀了……

他那火，像场地震，动摇了我在市场部的根基。这是个龙蛇混杂，很难掌控的地方。龙指那些精英们，他们无时无刻不在觊觎我的位置，老板的火，让他们斗志昂扬——这家伙被推出衙门斩首后，该轮到哥们儿上了。蛇指那些凭关系进来的窝囊废，他们一副无所谓的样子——天塌下来有高个子，开刀也是从部长的头上下手。

夹起尾巴做人，是指在我的老板面前，对下属，我还得摆威风，威风越凛凛，老板会认为我的尾巴夹得越紧。

我回到办公室就吼，开会！大家一惊，我从他们的惊里看到了我的威风还在。我底气十足地说，如果大家不健忘的话，一定记得老板前些时说的话。老板拿市场部开刀，当然是先从我这个部长下手，死也要拉个垫背的，虽是古人的名言，急眼的时候，我可是要古为今用的。

我的市场部又开始刷新记录，老板又开始对我露笑脸了，并拍了我的肩，有一下还很重，很有内容，还哥们儿般地对我说，我就说你小子还是有办法的。我的白姓哥们儿也打电话请我吃饭，几杯酒下肚，他说，那天我话还没说完你就走了，我必须跟你把话说清楚，今天我来，就是来向你宣布，你现在就可以上我那里去。

他说，我笑。他说，你笑什么？我说，你还少了一个环节。他说，什么环节？我仍然笑着对他说，你似乎应该先问问我，还愿不愿意上你那里去？

# 回家过年

他们，一个县里的，高中还是同学，几年没见了，见着了，该高兴，可是高兴不起来——排了三天三夜的队，还是没有买到票，眼看就要过年了。

无奈。他们中的张说，急也没用，先找个地方填肚子吧。李响应，人是铁，饭是钢。

男人们走在中间，两边是女人。男人的肩上手上都是包，女人的怀里是被子。走着，张对李使个眼色说，买不到票也好，省了火车汽车地去遭那个罪。李点点头，赞同说，是呀，在哪里不是过年，不一定非要回那个家去。

家？张用不屑的口气说，这个字有时候叫人想起来怪怪的，不就是个用砖头垒起来，用瓦片盖起来的遮风挡雨的空间，加一些日用品吗！李对张翘起大拇指说，高论！同感！又用下巴指指满广场候车的人说，人啊，人啊！有了那个山沟沟里用砖头垒起来、用瓦片盖起来的空间，就好像别的地方都不是家了，每年这时，都拿自己平时舍不得花的血汗钱往火车站交，往跑汽车的人手里交。

张也说，人啊人啊！一阵感叹后说，其实我们也和他们一样……李不等张说完说，不，不，不一样，我们跟他们还是有区别的，起码我们已经意识到了，对那个山沟沟里遮风挡雨的空间有了些想法，尤其是对那里的人——你回家穿得阔点手头大方点，他嫉妒你，你低调点，他又瞧不起你，说你没本事，在外头混得不咋样……

张也打断李的话说，你小子还是那么敏感、尖锐！你说是老家的人变了，还是我们变了？刚出来那两年，总想着那里的什么都好，现在这种感觉越来越淡了……李惊讶地说，难道我们真的是两个身子一个脑袋？这也正是我一直在思考的，我的结论是，那里的人和物都不是原来的了，我们也不是原来的我们了……

张也对李翘起大拇指说，精辟，深刻，英雄所见略同。以前我还以为就我一个人在想这种问题，想不到你老兄肚里养的蛔虫和我的一样。李笑笑说，那是当然啰，忘啦，学校里大伙是怎么说我们的？我们可是两个身子一个脑袋。连我们一个挨批评时，老师都要把我们中的另一个捎上。

张突然一声叹息，情绪变得低沉地说，提起学校，你让我想起了一件事。你说我前段时间碰到谁了？谁？李侧过头望着张说。张说，你还记得当初收缴我们那本佛陀故事，上台批判我们，就弄一桶狗血往我们头上淋的那个叫王五的秃头班长？李说，你不会说是碰到那个外号叫和尚的老兄了吧？

张说，还真是被你说中了，不光是碰到了外号叫和尚的，还是个真和尚。那天，猛然在人海里听到了家乡口音，看得就比较过细些，一看叫我大吃一惊，不是他是谁！我刚说，你是不是家住五祖庙边的王五？他用僧人的那一套对我说，处处无家处处家。我说，你是说你就是家住五祖庙边的王五。他又是那套经：家在闽山东复东，其中岁岁有花红，而今不在花红处，花在旧时红处红……说完，缘也不化就走了。

李的神情也变得黯然：世事苍桑，那时候他拿着我们的那本书，那么激烈地批判这几句话狗屁不通，想不到现在用这话化缘了。他对你说这些话是不是在告诉你，正是这几句话让他成了出家人。真的是叫人不好想，他怎么会出家当了和尚的……张一叹说，是呀！但回头一想，当个和尚也没有什么不好的，四海为家，随处闻花香，随时听鸟语，不像我们凡人，活在这个世上烦心事跟年龄成正比，一年比一年多……

突然的，张身边的女人说话了：每次买不到票，都要说这些鬼话，今天还扯起和尚来了，你去当和尚啊！你爹妈不管，儿女不管，跟当和尚有什么区别！你与当和尚比，还多了个侍候你的老婆……说着女人蹲到地上不走了，哭起来。

两个男人都一愣，相互望望，一阵默然，同时“嗨”一下，仿佛在说，开始还演得好好的，怎么一走神说起了和尚。

李摇摇头，苦笑一下，对身边的女人呶呶嘴，女人会意地走到哭着的女人身边蹲下，劝：我们当女人的也要体谅他们当男人的，他们心里苦，还要费心思用话哄我们……女人的话没说完，哭着的女人歇斯底里起来：我想我的女儿，今年要再回不去，女儿都会认不出我这个妈妈了……

劝说的女人愣住了，有泪慢慢地由她的眼里涌出来，慢慢地变得如涌泉，她让泪流了一会儿，猛地抱住哭号的女人，和着女人的哭声哭着说：我也想我的儿子，我的儿子离开我时才一岁，现在都第三个年头没见到我这个妈妈了……

男人们的泪，终于也无声地掉在了地上，砸出响声来。

# 白颜色的兰花

白颜色的兰花，奇花异草，奇珍异宝。

不为这种兰花，大牛才不会随老郑进黑山。老郑在大牛的心里是个马屁精，是个连同事的孩子到了办公室，也要凑上去阿谀奉承一阵的马屁精。大牛看不起这号马屁精人，谈起来就瘪嘴，更别说一起去那个深山扶贫了。

车在路上翻了，大牛腰脊骨受损，老郑肋骨下穿了个洞。

老郑虽然流了很多血，还被开腔进行了处理，却能走动。大牛被石膏固定，从早到晚只能是一个姿势地躺。望着老郑在屋子里走来走去，大牛急，长吁短叹。

老郑盯着他一阵看，关切地说，是不是哪里不舒服？

大牛摇头，流泪。老郑就走近他，进一步说，要哪里不舒服，你可一定要说，这里只我们两个人，还是一起的，你可不能把我当外人，你想说什么就对我说什么，说什么舒服就对我说什么，那样你心里的许多事就能解开来，心里没有了疙瘩，病也就好得快。好在我还能动，你想要什么，想吃什么，尽管对我说，我去给你弄……

大牛确实想说话，于是说，老郑，你说我还能站得起来吗？像过去那样爬山，到山上去寻找兰花……咋不能！老郑唬起脸说，现在医学这么发达，你这么年轻……大牛说，可我进这医院医了好几天了，两条腿还一点知觉也没有。老郑的手就放在了大牛的腿上，揉搓着说，你的腿暖和着呢，一定不会有事的。大牛说，但愿不会有事，我这人除了上班，就是上山挖个盆景找个兰花的，往后要只是这样躺着，可是宁愿去死。

什么死呀活的！老郑像大人教训孩子，任何事，人最主要的是信心！

说着，像想起了什么似的说，我刚才站在窗前，就是在看兰花，看一些人在山上挖兰花，这里可真是盛产兰花的地方，那兰花的颜色还与我们那里的不同，白的……

白颜色的兰花？你看到有人在山上挖……站在窗前就能看到？窗外面不是房子吗……说着，大有爬起来的架势。老郑一惊，高兴地说，谁说你的腿不会动，再动一下。大牛一使劲儿，真的又动了，激动得泪流满面。

护士从外面走进来，大牛报喜样地冲着护士说，我的腿会动了！说完又冲老郑：刚才还不会动的，你一揉搓就会动了，你是不是会推拿？老郑不说会也不说不会，只是对着他笑，笑得有些神秘地说，其实是你的腿自己能动……看一眼护士又说，要看到外面的兰花，得像我刚才那样站在窗前，你这个角度只能看到房子，快快好起来吧，山上的兰花等着你呢！

护士是来通知老郑搬五楼的，这个二楼的病房要让给一些行动不便的病人。老郑随护士走后，大牛睡了进医院来的第一个瓷实的觉。醒来，他见老郑仍然站在窗前，正想说，你不是搬到五楼了吗？老郑却对他说，你看那个孩子，挖了整整一抱的兰花，一半是白色的，正朝这边走来，兰花的香味真好闻。大牛吸吸鼻，可不是，空气里真有兰花的香味。

老郑是来跟大牛告别的，他对大牛说，我的病没事了，我要回一趟省城，但很快就会回来的，你可要抓紧疗伤，你可是侍弄兰花的高手，这几天我已经想好了，到了扶贫点，我们就在兰花上动动脑筋，种植兰花，让山民们兰花脱贫。

老郑走后，大牛真的抓紧疗伤，因为不尽快好起来，兰花的开花期就要过去了。伤情在他的抓紧下真的好得很快，很快就拆石膏了．石膏一拆他就迫不及待地来到了窗前，顿时，他傻了一般，因为站在窗前，根本就看不到山，更别说找到那个采了一抱兰花的小女孩了。

香味，兰花的香味，却实实在在地存在。

楼下来了那位女护士，女护士的手里拎把壶，走到墙根下给一盆兰花浇水。他恍然大悟，问护士说，这花是老郑弄来的吧？护士迟疑不决半晌，抬起头，眼里满是泪。

他又问护士，是不是老郑有什么事？

果然，老郑的所谓回去，是转到省医院。在开腔处理他的伤口时，发现了他腹腔内的瘤……

护士最后含着泪对大牛说，和老郑这样的人共事真是福气，自己病成那样，心里想的却是别人，走时还嘱咐我，一定要让这盆花开到你拆石膏的这天……

# 小　蝶

小蝶的手套被高速旋转着的工件挂住了，要不是手缩得快，自己的手和胳臂都可能没有了。没有了手和胳臂……小蝶都不敢往下想了。班长帮她停了车，把手套从工件上勾下来，看看周围，小声对她说，今天你这活不能再干了，看你神情恍惚，就担心你会出事……你去弄板报吧！别的班组板报都换了。

班长是为她好，小蝶知道。一个车工戴着手套操作，违反了操作规程，就这，让车间知道了，都是要扣奖金的。出了事，更是不得了，连车间领导也要受到牵连。小蝶阵阵发怵：卡好工件后，自己怎么就没有脱下手套……班长拍拍她的头说，是不是碰到了什么事？要有什么心事，就对大姐讲。她的鼻梁一酸，往外走去。

小蝶的心事，是为小南，也是为一个梦。小南是她的工友，他们同住在单身楼的四楼。她是四楼的一朵花，围着她这朵花“施肥浇水”的不乏男单身，小南也是其中的一位。可是在她的心里，小南是没有位置的。然而一天，小南突然对她说，小蝶，我能请你喝一杯咖啡吗？咖啡馆就在楼下，她以为他有什么话要对她说，可是一杯咖啡喝完了，他什么话也没有，连正面看她一眼也没敢。

小蝶直想笑。不好笑出来。出门碰到从单身楼下来的工友们，小南像做了什么见不得人的事一样，侧身往一边走去。她的姐妹们过来搂住她的肩膀说，有人请你喝咖啡啦？想起小南喝咖啡时的样子，她扑哧一声笑出来，笑得弯下了腰，还叫了一声妈呀！

没想到才过了两天，小南在马路上碰到她，又对她说，小蝶，我能再请你喝一次咖啡吗？小蝶还不及应允，小南说，小蝶，你不是喜欢喝咖啡吗？小蝶是喜欢喝咖啡，但她觉着她不应该像上次那样随便跟他走进咖啡厅了，说，小南，你是不是有什么事要对我说，你就说吧？小南说，也不是什么大事，我只是这几天反复做一个梦，想请你帮我解一下。梦里，我总是碰到一只蝴蝶，我追呀追的追过去，有时候它让我追不上，有时候追上了，却是个女孩子的背影……

不待小南说完，小蝶又是扑哧一笑说，你是不是看《梁祝》着魔了……

可是又过了几天，小南瞅空来到了她的宿舍，低头站到她的面前说，小蝶你能屈尊和我再喝一次咖啡吗？她有些不高兴了，眉头皱起说，你是不是又要告诉我你梦里追蝴蝶的事？小南反问她，难道你真的没做过这个梦？她有点不耐烦了，我干吗要做这个梦？难道你做这个梦我就要做这个梦？小南说，我不是这个意思，因为那个梦里的女孩儿终于回过头来了，那个女孩子是你。你在梦里和我做了很多事，一次比一次清晰，像真的一样，我就想，你一定也和我一样做着那个同样的梦，不然……

小南的话，是在她的眉头越皱越紧时打住的。她想问，她在那个梦里到底和他做了什么事？小南低下头说，你既然没做这个梦，也就算了。也许那个梦中的女孩儿不是你，只是一个和你长得一模一样的女孩儿，我会找到她的。梦到和她在一起真是美好，有时候我觉得是她梦到了我，是她先做了这个梦我才做这个梦的，如果不是这样，我怎么会梦出那许多我想都想不到的细节呢！

说着他转身就走，走时不无深奥地说，谁能确定自己的生命不是一场梦？谁又能保证二者不是一回事？谁又能保证二者是一回事？

往后的日子，小蝶尽量避开小南，一个看《梁祝》着了魔的小伙子，她一个女孩儿，当然是避开的好。

可是现在，小蝶也总做一个追蝴蝶的梦了，在梦里那蝴蝶总是逗着她去追它，她追着追着，那只被追的蝴蝶变成了一个小伙子的背影。那个小伙子真还像是小南。几次，她对着那个背影说，你是小南吗？那个背影站下来，她说，你要是小南，干吗不回过头来？他就是不面对她。昨天的梦里，她对他说，你不是问我做没做过一个追蝴蝶的梦吗？他还是不回过头来，只是用酷似小南的声音说，你确定自己的生命是一场梦了？生命和梦是一回事了……

因为现在，小南已不在他们车间了。他的姑妈把他弄到香港治病去了。那个给他治病的心理医生说，小南是一个有着特异功能的小伙子，收他为徒了，还准备招他为上门女婿。小蝶是昨天知道这个消息的。难道小南真的是有特异功能？在她的身上只是体现得早了些？

下午下班前，他们的板报焕然一新，引来了师傅们看热闹。大家边用擦手布擦着手上的水渍，边围绕小蝶画的一幅插画赞叹不已，说小蝶不愧为车间的才女……突然有人说，画里奔跑着的背影好像小南！人们哦一声说，可不是小南是谁！小蝶定睛一看，怎么把自已梦中的情景画在了板报上……恍然一下，她突然产生出一种奇怪的感觉，版报上的画和眼前的景象，都像是梦境……

# 灵山咒语

我们谢家人是痛恨谢逊的。

这个谢逊，是我们谢家山人的第十八代祖宗。在这之前，我们谢家山一代比一代出的官大，到了他这一代已是世袭。

我们的庄子不叫谢家庄、谢家村，而叫谢家山，是因为村后面那座名曰灵山的山。这座山，东面的吴家盒子称为西山，西面的郑家台称为东山，北面的称南山就不用说了。是因为，这座山对他们而言，仅仅只是一座山。我们谢家人不同，那上头有我们的龙脉。

所以我们谢家有个不成文的规定，男丁在二十二岁生日这天，必须上一趟山，带上香火进行祭拜。上灵山祭拜，必须带上两天的食物，还要在山上的山神庙里睡一夜。还传说，上山下山要过猴林，蛇岭，狼谷。上山的人还必须是单人独骑。

谢逊上山当然就不是单人独骑了。谢逊是官，从城里回到我们谢家山是省亲祭祖。他回到我们谢家山时，老辈们提醒他上山要经过那三个地方，是怕他在上山途中被猴子挠了，被蛇咬了，更怕他被狼吃了。因为他完全的一幅纨绔子弟样，更因为这个谢家人管区的动物们已祸害到了其他几个村庄，那些村庄的人正在为动物与我们谢家山的人扯皮。

谢逊说，猴子好玩，蛇肉好吃，有狼，打猎是我的最爱……他叫庄子里的小青年备上许多瓶子，在瓶子里放上猴子喜欢吃的东西，带上麻痹蛇的药和弓箭，跟着他上山。在一阵嘻笑声中，一群猴子成了他的俘虏，许多蛇被剥了皮叫人拿回去做蛇羹，一群狼硬是让他逼进穴洞里，一阵乱枪打死……中午还没有到，他就和他的随从到了山顶，他叫他们烧纸烧香，他登高望远，当他发现万绿丛中的我们谢家山的房舍时，像发现了新大陆一样地说，历史从此将进入新篇章！

因为此时的他，同时发现了那条婉延曲折的路，那是条半圆形的七弯八扭的路，站在他的位置往下看，就像一条行走着的巨型蛇。他在讲述自己的新思路时，批判前人的愚昧。他的新思路是，直接从山顶往山脚劈出一条路来，结束后人为了上山走那许多的弯路。新路修好后，我们谢家山的人就不走老路了，老路荒废久了，也就没有路了。但是我们谢家山自从谢逊来后，出官也就出到头了（据说谢逊回去后不久因事被朝庭革去了官职）。

在这之前，住在灵山脚下的四个村子，那三个是不敢惹我们谢家山的，谢家山辖区的毒蛇猛兽被谢逊逼到他们那里伤了人畜也是忍气吞声的。谢逊一被革去官职，他们好一阵扬眉吐气。东西两边的吴家盒子、郑家台的人，先是地毯似的搜山，把那些谢逊赶到他们那边去的毒蛇猛兽往我们这边赶，然后在与我们谢家山交界的地方挖壕沟，山顶的部份由杨庄湖的人挖，对我们谢家山形成合围之势。我们谢家山的人当然不会忍受这种窝囊气，并把谢家山的衰败归咎于是他们挖断了我们的龙脉。战争从此发生了，打了好多年的仗，死了不少人。直到解放前，都经常有血案发生。

龙脉一说沉寂了好多年，前些年又旧话重提。我就是为这个旧话上山的。我没有上过山，我们谢家山后来的许多人都没有上过山。也没有上山祭祖的习惯了。那条谢逊开出来的路，自从他死后，被称为倒霉路，被荆棘丛林掩盖。我是寻觅着那条传说中的老路上山的。一路上传说中的猴林早就没有了猴子，蛇岭也只是和其他地方一样，偶尔能碰到一两条的惊慌失措的小蛇，狼，更是踪迹不见。由于我根本不用跟那些猴子们纠缠担心受到蛇和狼的攻击，不到中午我就顺利地到达了山顶。在山顶我重点对那些残垣断壁的壕沟进行了琢磨，也没看懂它究竟在什么地方伤了我们谢家山的龙脉。

时值中午，我正在山神庙前喝矿泉水吃面包，对这个我的祖先们上山时必须住一晚上，小得只可躺下一个人的建筑讪笑时，突然发现石壁上隐隐约约地刻有字，我搬开那些倒坍了的石块仔细看。看着看着，我觉得有一种叫做醍醐的东西灌进了我的脑壳里。

那行字是：只有站在了现在这个位置，才能看清走过来的弯路。我的眼前就出现了我的许多祖先，他们有在自己的人生历程上走过许多弯路的；有才开始走弯路的；有根本就没有走弯路的……在他们伴着这行字睡那一晚上的时候各有所得。

# 爸，我再敬您一杯

心里很苦，想去见他最后一面，又忘不了那绝情的一幕幕。

犯事时，他十八岁还差两个月，那个当着他的面把他带走的警察提醒他：秦局，尽管是在严打阶段，您的孩子离十八岁可是还差两个月。他扭过头，用手背对着那个警察甩着说，去吧去吧……凭着他的权力和影响，只要他肯周旋，他的儿子是完全可以免去那几年牢狱之灾的。进了监狱，他求他想点法子把他弄出去，他却对他说，有许多的苦难，注定要自己去经历和承受，没有谁能说免除就免除，更没有谁能够代替……

尽管他不能不恨他，无时无刻不在恨着他，他还是朝医院的方向打了方向盘。他是被妈妈最后的那席话逼的。妈妈说，你要不去，妈妈到死都是不会原谅你的，你这一辈子也不会安生、会在后悔中度过的。妈妈说这些话前说了父亲的情况，父亲就剩最后一口气了，不往回咽，就是在等他去，见他最后一面。

病床前围满了人，注意力都集中在床上。医生说，快把耳朵凑过去。稍许的沉寂，妈妈的声音说，他说劫数，什么劫数？医生说，他是在说命，劫数就是命里注定的一种东西……妈妈哭起来，他的眼泪也直往外涌，妈妈一见他，哭声戛然而止，父亲的眼睛在母亲的戛然而止中猛然睁大，手向他伸过来，他双手抓住父亲的手，跪在了床前，哭出的泪水迷糊了他的视线……

父亲临死前说出的这两个字，使他震撼。他以前总是把这两个字安在自己头上的。这两个字是那个老狱警对他说的。刚进监狱时他破罐子破摔，见人就拼命，后来是寻死觅活。无奈，把他关进了单独的牢舍。

没的出气了，就把小狱警送来的饭由铁窗里往外扔。有一天，他的牢室前有人一哼，送饭的小狱警换成了老狱警。老狱警对他说，这都是劫数，吃吧，劫数这种东西是命中注定的，还是认命的好……

那时候的他，对这两个字的理解是，谁叫他出生在这么个家庭，要不，他对那个家伙的出手就不会那么狠，就不会一刀下去卸掉了对方的一只胳臂。他出手不计后果，仗的是父亲那个后台，仗的是那个对立面也不是什么好东西，即使送他上了西天，也是为民除害……是这个家庭让他养成了这个性格，这个性格是劫数。父亲的那个态度也是劫数，在可以拉他一把的时候不拉他，还对他大义灭亲……

自己干吗就没有替父亲想一想？父亲有他这个儿子也是劫数。他不但没有站在父亲的角度想这两个字，还用这两个字一直把父亲折磨到死。父亲在没有他的时候盼他，盼到了他，含辛茹苦地养大他，每次他惹了事，都是父亲去给人赔礼，有一次他还见父亲给人跪下了……父亲到了知天命的年龄，他进监狱。他干成了一番事业，父亲退休，他却就是不见父亲一面……

有人搀他的胳臂，是那位老狱警，他的办公室主任。他公司做大时，老狱警退休，他怀着感恩的心情请了他。老狱警掰开他握父亲的手说，秦总节哀顺便，你没见老局长笑得多安详……他果然见父亲的脸上，挂着他小时候经常看到的慈祥的笑。

在离家最近的一个墓地里给父亲置了一室墓，尽管比其他地方的墓地贵了好几倍，他却连价都没还就买下了。一有空，他就到父亲的墓前坐一会儿。他是用这种方式对父爱进行回报。每次来，他都要带来许多父亲生前喜欢吃喜欢喝的。有时候，他还和父亲对饮几杯。因为在他的心里，父亲那绝情的幕幕，早成了一股股的暖流——父亲用手背甩着让人带走他时，那扭过去的脸上一定是泪水纵横交错；父亲到牢里看他说那席话时，心里一定也是在暗暗地饮着泪……

这一天，他又来陪父亲喝酒，喝父亲生前最爱喝的纯苞谷酒。这种酒是用土灶酿的，是他托他秘书的父亲、也是他来日的岳父特酿的。由于这一天是他和未婚妻明确关系的日子，由于他的母亲对那个从山里走出来的清纯女大学生格外看重，他一高兴就在父亲的墓前喝得多了点，和父亲的话也就明显多了起来：

爸，要当初您利用手中的职权，帮自己的儿子逃过那一劫，您说您的儿子日后还会不会与人打起架来更加不知轻重地闹出人命来？爸，您说您的儿子从牢里出来，要不是跟您赌气，非要不靠您混出个人样来，婧能死心塌地地看中您这个坐过牢的儿子？爸，我再敬您一杯！